BLAUES BLUT

DR. MORTONS UNHEIMLICHES EXPERIMENT

von JOHN BALL

Dr. Glenn Morton steuerte seinen Wagen selbst. Er war auf der Fahrt von der Praxis in Harley Street nach Brighton, befand sich auf der A 23, ungefähr in der Höhe von Redhill, als das Telefon auf dem Getriebetunnel optische und akustische Signale gab.

Morton nahm den Hörer ab, ohne das Tempo zu verringern. Er meldete sich.

»Grimsby, Sir.«

»Was gibt es?« Mortons Stimme klang ruhig, sonor, vertrauensweckend. Kurz: Die Stimme eines erfolgreichen Arztes, bei seinen Patienten beliebt, von vielen vergöttert, von den Kollegen geachtet, Mitglied des Königlichen Kollegiums der Chirurgen und eines halben Dutzends anderer, ähnlich exklusiver Vereinigungen.

»Ein Zwischenfall, Sir«, sagte William Grimsby. »Mr. Stone ...«

»Was ist mit ihm, Grimsby?«

»Meine Schuld, Sir. Ich weiß nicht, wie das geschehen konnte ...«

Sehr geehrter Leser!

Mit Dr. Glenn Morton hat Autor John Ball eine der faszinierendsten Figuren der Grusel- und Horror-Literatur geschaffen, wenn nicht die fesselndste und bedeutsamste überhaupt.

Außergewöhnlich, initiativ, zielstrebig, ungeheuer ehrgeizig, geachtet, geehrt – genial – und doch hart, rücksichtslos, gehasst: das ist DR. MORTON, Arzt und Wissenschaftler!

Verbrecher und Mörder – das sagen die anderen.

Urteilen Sie selbst! Lassen auch Sie sich von der Ausstrahlung seiner schillernden Persönlichkeit und von seiner unheimlich zwingenden Geisteskraft gefangen nehmen. Er ist ein von seinen Ideen Besessener, ein Genie zwischen Gipfel und Abgrund.

Fürchten Sie sich nicht vor dem Abgründigen in DR. MORTON, fürchten Sie sich nicht vor sich selbst. Schließen Sie das Fenster und löschen Sie das überzählige Licht. Eine angenehme Gänsehaut verträgt nur wenig Geräusch und knappe Helligkeit.

Eine unheimliche Lektüre wünschen Ihnen

Verlag und Redaktion
ERBER+LUTHER VERLAG

ERBER+LUTHER

ERBER+LUTHER VERLAG, Schweiz

DR. MORTON (Neuauflage) erscheint im ERBER+LUTHER VERLAG, Schweiz. Satz und Layout: Digital*ART*, Bergheim.
DR. MORTON ist auch als E-Book erhältlich!

Grimsby war erkennbar verwirrt. Morton runzelte die Stirn. Wenn William Grimsby, sonst die Verkörperung von Zuverlässigkeit und Ruhe, solche Symptome zeigte, musste wirklich etwas Außergewöhnliches geschehen sein.

»Was ist passiert?«

»Mrs. Clandon lief schreiend durch die Gänge. Ich konnte sie gerade noch einfangen, bevor sich eine der Krankenschwestern um sie kümmerte. Ich habe sie nach unten gebracht.«

»Eben sprachen Sie von Mr. Stone, Grimsby. Jetzt von Mrs. Clandon. Ich gestehe, dass ich nicht klug aus Ihrem Bericht werde.« Mortons Stimme klang ruhig und sicher wie immer.

»Sie schrie unaufhörlich: Da läuft ein blauer Mann! Ein nackter blauer Mann! Hilfe, ich bin einem nackten blauen Mann begegnet!«

Glenn Morton konnte sich das Fehlende zusammenreimen.

»Das hätte wirklich nicht passieren dürfen, Grimsby«, sagte er. »Wer ist auf die Szene aufmerksam geworden?«

»Glücklicherweise nur eine andere Patientin, Miss Knowles.«

»Sind Sie sicher?«

»Völlig sicher, Sir.«

»Was haben Sie Miss Knowles erzählt?«

»Dass Mrs. Clandon einen Anfall hatte.«

»Und?«

»Ich konnte sie beruhigen, Sir.«

Dr. Morton warf einen Blick auf die Uhr im Instrumentenbrett.

»In einer knappen halben Stunde bin ich da, Grimsby. Ich parke im Hof. Sie erwarten mich.«

»Jawohl, Sir.«

*

Mrs. Clandon, schwarzhaarig, attraktiv und sehr weiblich, sah ängstlich zur Tür, als sie ein Geräusch hörte.

Die Tür wurde geöffnet. Mrs. Clandon erkannte den Besucher und atmete erleichtert auf.

»Ich bin so froh, dass Sie da sind. Doktor! Es war schrecklich. Ich dachte, ich sterbe! Wie in einem Alptraum war es!«

»Beruhigen Sie sich, Mrs. Clandon«, sagte Glenn Morton und lächelte. »Denken Sie einfach, Sie hätten einen bösen Traum gehabt und vergessen Sie ihn möglichst bald.«

»Es war aber kein Traum«, sagte Mrs. Clandon bestimmt.

Dr. Morton zog sich einen Stuhl heran und nahm Platz. Schon beim Hereinkommen war ihm aufgefallen, dass Grimsby die Frau sehr sorgfältig ans Bett gefesselt hatte. Sie konnte sich kaum rühren. Die doppelte Tür und die Tatsache, dass kein

Unbefugter in diesen Teil der Klinik kam, waren Gewähr dafür, dass auch niemand reagieren würde, falls Mrs. Clandon sich einfallen ließ, zu schreien.

»Es war kein Traum?«, fragte Morton ruhig.

»Ganz bestimmt nicht. Ich bin aus meinem Zimmer gekommen und habe einen nackten Mann gesehen. Einen nackten blauen Mann! Er starrte mich an, drehte sich um und lief den Flur hinunter.«

»Mrs. Clandon«, sagte Morton beruhigend. »Es gibt keine blauen Männer. Das sollten Sie wissen.«

»Ich weiß es«, sagte Mrs. Clandon. »Aber was soll ich machen? Ich habe ihn gesehen! Blau und nackt!«

Dr. Morton schüttelte den Kopf.

»Das ist sehr kompliziert«, sagte er. »Was soll ich jetzt mit Ihnen anfangen?«

»Anfangen?«, fragte Mrs. Clandon. »Sie sollen überhaupt nichts mit mir anfangen. Ich möchte in mein Zimmer zurück. Am liebsten möchte ich nach Hause.«

»Sie sind krank, Mrs. Clandon«, sagte Dr. Morton ruhig. »Ich kann Sie nicht nach Hause schicken.«

»Aber in mein Zimmer darf ich doch?«

Er stand auf und ging zur Tür.

»Wir werden sehen, Mrs. Clandon. Später.«

»Ich will nicht allein hier bleiben!«, schrie Mrs. Clandon.

Dr. Morton hatte die Tür schon erreicht. Langsam drehte er sich um.

»Vor allem müssen Sie sich beruhigen, Mrs. Clandon«, sagte er und lächelte sie freundlich an. »Ich werde Grimsby schicken. Er wird Ihnen etwas geben.«

»Nein!«, sagte sie und schüttelte sich. »Nicht Grimsby! Jeden anderen, aber nicht ihn! Ich bitte Sie, Dr. Morton!«

»Was haben Sie gegen Grimsby?«, fragte er ruhig.

»Er – er ist unheimlich. Ich habe Angst vor ihm!«

»Grimsby tut Ihnen nichts«, sagte Dr. Morton. »Er ist mein zuverlässigster Mitarbeiter.«

Die Tür schloss sich hinter ihm. Halb gelähmt vor Angst und Entsetzen blieb Mrs. Clandon zurück. Erst jetzt fiel ihr ein, dass sie vergessen hatte, Dr. Morton zu bitten, er möge ihre Fesseln lösen.

Ob er das getan hätte?

Sie war jetzt nicht mehr so sicher.

*

Mr. Samuel Stone war einer der Menschen, die Dr. Morton aus tiefstem Herzen verabscheute. Mr. Stone hatte in wenigen Jahren ein für Außenstehende nicht mehr überschaubares Vermögen zusammengerafft. Er hatte das vor allem auf Kosten kleiner Leute getan. Pfund um Pfund hatte sich auf seinen Konten angesammelt, von Angestellten und Arbeitern, von Dienstmädchen und Köchinnen, von Totengräbern und Milchhändlern, von Taxifahrern und Verkäuferinnen. Tausende hatte Mr.

Stone um ihre Ersparnisse gebracht, die sie ihm in der Hoffnung auf hohe Renditen anvertraut hatten.

Wie sich herausstellte, hatte er auf eine Art gearbeitet, die unangreifbar war. Die Behörden hatten Untersuchungen eingeleitet, aber es war nicht einmal zu einer Anklage gekommen.

Mr. Stone hatte sich bei allen seinen Unternehmungen streng an die Lücken der Gesetze gehalten.

Jetzt war er seit zwei Tagen in Dr. Glenn Mortons Privatklinik in Brighton.

Nicht freiwillig, versteht sich. Um genau zu sein: Es war Grimsby gewesen, der ihn *überredet* hatte, mitzukommen. Es war auch Grimsby gewesen, der Samuel Stone in den unterirdischen Räumen der Klinik von denen außer Dr. Morton und ihm niemand etwas wusste, präpariert hatte. Präpariert für die Experimente, die Dr. Morton an Mr. Stone vorzunehmen beabsichtigte.

Der erste Versuch hatte übrigens bereits stattgefunden, kaum dass Mr. Stone in der Klinik eingetroffen war. Nur hatte Stone nichts davon bemerkt, denn als Glenn Morton das Labor betrat, in dem er, nackt wie Gott ihn geschaffen hatte, auf einen Arbeitstisch geschnallt war, hinderte die gehörige Portion Äther, die Grimsby ihm verabreicht hatte, ihn daran, irgendetwas zu bemerken.

Nein, Mr. Stone wusste wirklich nicht, wie es kam, dass er beim Erwachen vom Kopf bis zu den Füßen so verändert war. Und deshalb entsetzte ihn diese Tatsache doppelt.

Nach dem Besuch bei Mrs. Clandon sagte Dr. Morton zu Grimsby:

»Kommen Sie mit. Wir werden nach Stone schauen.«

Grimsby nickte gehorsam. Er hatte immer noch ein schlechtes Gewissen. Der Anblick, der sich den beiden Männern bot, als sie Stones Zimmer betraten, erklärte, weshalb Mrs. Clandon schreiend durch die Flure der Klinik gerannt war.

Auch Menschen, die weniger leicht zu beeindrucken waren, hätte das Entsetzen gepackt, wären sie unvermittelt einem Menschen mit tiefblauer Haut begegnet.

Stone lag nackt auf seinem Bett, an Händen und Füßen gefesselt, so dass er sich kaum zu rühren vermochte. Er starrte Grimsby hasserfüllt an, bevor er den Blick auf Dr. Morton richtete.

»Wer sind Sie? Ich kenne Sie! Sie sind …«

»Dr. Morton«, sagte der Arzt ruhig. »Und Sie sind mein Gast, Mr. Stone.«

»Ihr Gast?«, heulte Stone auf. »Sie haben mich kidnappen und hierher bringen lassen! Ich verlange, sofort freigelassen zu werden! Ich weiß nicht, weshalb Sie mich hergebracht und was Sie mit mir gemacht haben, aber ich werde Sie zur Rechenschaft ziehen! Darauf können Sie sich verlassen, Dr. Morton! Es wird einen Skandal geben, wie England seit Jahren keinen mehr erlebt hat.«

Seine Wut steigerte sich. Er schrie:

»Sagen Sie mir, weshalb ich überall blau bin! Was haben Sie mit mir gemacht?«

»Das ist sehr einfach erklärt«, sagte Dr. Morton fast fröhlich. »Ich habe Ihr Blut ausgetauscht.«

»Mein – Blut ausgetauscht?«, fragte Stone. »Was soll das heißen?«

»Ich habe Ihr Blut gegen verschiedene chemische Substanzen ausgetauscht. Mit dem kleinen Nebeneffekt, dass Ihre Haut sich blau verfärbt hat.«

»Das ist ungeheuerlich«, flüsterte Stone. »Wie kommen Sie dazu, so etwas zu tun? Wie wollen Sie das rechtfertigen?«

»Überhaupt nicht«, sagte Dr. Morton ruhig. »Und damit ich nicht in die Verlegenheit komme, das tun zu müssen, werden Sie hierbleiben, Mr. Stone.«

Samuel Stone war kein Dummkopf. Er dachte scharf nach. Was Dr. Mortons Worte bedeuteten, war nicht schwer zu erraten. Mehr als eine Minute blieb es völlig still im Zimmer.

Dr. Morton betrachtete seine Versuchsperson mit wissenschaftlichem Interesse. Für den Augenblick war völlig vergessen, weshalb er ausgerechnet Stone für dieses Experiment ausgesucht hatte.

Aber als Samuel Stone zu sprechen begann, erwachte Mortons ganze Abneigung gegen diese Hyäne erneut.

»Wie lange wollen Sie mich hierbehalten, Dr. Morton?«, fragte Stone.

»Darüber sollten Sie sich keine Gedanken machen.«

»Wie lange?«

»Ständig«, sagte Morton ruhig.

»Das können Sie nicht tun! Man wird mich suchen!«

»Man wird Sie suchen.«

»Und finden!«

»Das bezweifle ich.«

Mit gehetztem Blick sah Stone von einem zum anderen. Grimsby grinste.

»Der da! Der hat mich hergebracht! Das ist ein Verbrechen! Man wird ihn einsperren! Man wird Sie beide einsperren! Für den Rest Ihres Lebens!«

»Machen Sie sich darüber keine Sorgen«, sagte Glenn Morton. »Sorgen Sie sich lieber um Ihre eigene Zukunft.« Seine Stimme war plötzlich verändert. Eiskalt und grausam.

»Was habe ich Ihnen getan?«, fragte Stone. »Weshalb haben Sie ausgerechnet mich für diese Experimente ausgesucht?«

»Sie können sich das wirklich nicht denken?«, fragte Morton interessiert.

»Ich – nein!«

»Mr. Stone«, sagte Morton langsam. »Sie sind ein Verbrecher. In meinen Augen sind Sie schlimmer als ein Mörder. Denn Sie haben nicht einen oder zwei oder drei Menschen umgebracht, Sie haben die Existenz von Tausenden ruiniert.«

»Das ist nicht wahr!«

»O doch.«

»Kein Wort ist wahr! Man konnte mir ...«

»Was wollten Sie sagen?«, fragte Morton. »Man konnte Ihnen nichts nachweisen. Richtig. Für unsere Gesetze waren Sie zu geschickt. Man konnte Ihnen nichts nachweisen, und deshalb liefen Sie frei herum und erfreuten sich an dem Vermögen, das Sie unrechtmäßig in Ihren Besitz gebracht haben.«

»Jetzt nicht mehr«, sagte Grimsby hämisch. »Jetzt ist's vorbei mit der Freude. Vorbei mit dem süßen Leben.«

Stones Gehirn arbeitete fieberhaft. Er wusste noch nicht, wie er sich verhalten sollte. Um Zeit zu gewinnen, sagte er: »Sie können nicht den Richter spielen, Morton. Sie sind nicht mein Richter. Sie dürfen sich nicht anmaßen, Recht sprechen zu wollen. Man hat mich nicht einmal angeklagt. Ich habe nichts getan, hören Sie? Nichts getan! Nichts, wofür man mich bestrafen könnte! Ich habe mich an die Gesetze gehalten, das haben Sie selbst gesagt! Was wollen Sie von mir?«

Morton wischte, was Stone gesagt hatte, mit einer Handbewegung weg.

»Ich will Sie bestrafen«, sagte er. »Und niemand wird mich daran hindern, das zu tun.«

»Wie?«, fragte Stone. »Wie wollen Sie mich bestrafen?«

»Können Sie sich das nicht denken? Ich habe doch schon damit begonnen. Und diese Strafe erfüllt einen doppelten Zweck. Sie nutzt der Wissenschaft. Quasi nebenbei. Ich bin nicht nur Mediziner, ich bin auch Biochemiker.

Seit Jahren experimentiere ich mit einem Kunstprodukt, das das menschliche Blut ersetzen kann. Andere tun das auch. Es ist sehr wichtig, verstehen Sie? Die anderen sind noch nicht soweit wie ich.«

Er lachte.

»Ich habe die bessere Ausgangsposition. Ich habe Sie. Meine Kollegen müssen sich mit Ratten begnügen. Ich kann meine Experimente am Menschen durchführen, nachdem sie jetzt in das entscheidende Stadium getreten sind.«

Wieder war es lange still im Raum. Stone hatte Mühe, zu begreifen, was Dr. Morton gesagt hatte. Es war ungeheuerlich.

Schließlich fragte er angstvoll: »Werde ich sterben?«

»An meinen Experimenten?«, fragte Morton zurück. »Das weiß ich nicht, Stone. Das wird sich zeigen.«

Sein Blick glitt noch einmal über den von Kopf bis Fuß tiefblauen Mann, der machtlos, ohnmächtig, gefesselt auf seinem Bett lag.

Dann wandte er sich zu Grimsby um:

»Fünf bis sechs Tage, schätze ich. Dann wissen wir mehr.«

»Was?«, schrie Stone.

Aber weder Morton noch Grimsby beachteten ihn. Gemeinsam verließen sie das Zimmer.

Wie er's schon vorher mehrmals getan hatte, zerrte Stone ungeduldig an seinen Fesseln. Das war vergeblich. Grimsby hatte ihn so gut versorgt, dass es ihm kein zweites Mal gelingen würde, seinem Verließ zu entkommen.

Stone fühlte die Tränen, die ihm übers Gesicht liefen. Er erschrak, denn er konnte sich nicht erinnern, jemals geweint zu haben.

Später versuchte er, sich Mut zu machen. *Man wird mich finden*, sagte er sich. *Bestimmt sucht man schon nach mir. Und ganz bestimmt findet man mich. Dann wird man diesen verfluchten Morton und seine Kreatur Grimsby einsperren. Man wird mich für alles entschädigen, was ich hier erdulde.*

Und ich werde mich rächen!

Das Zimmer verschwamm vor seinen Augen. Diesmal waren es Tränen der Wut, die er vergoss.

»Ich werde Rache nehmen«, murmelte er immer wieder. »Meine Rache wird furchtbar sein.«

Aber ganz tief drinnen nagte der Zweifel an ihm. Würde er je Gelegenheit, zu seiner Rache haben?

Wenn's ihm gelungen wäre, hätte er gern alles für einen furchtbaren Traum gehalten.

*

Dr. Morton hatte die Chef-Visite hinter sich und diktierte Schwester Barrington einige Notizen zu diversen Krankengeschichten. Cynthia Barrington war seine rechte Hand, sowohl in der Londoner Praxis wie auch hier draußen in Brighton. Es gab eine Menge Leute, die vermuteten die schöne Schwester sei mehr als nur eine Mitarbeiterin des attraktiven Junggesellen.

Nachdem sie gegangen war, drückte er einen Knopf der Sprechanlage auf seinem Schreibtisch und sagte:

»Grimsby, kommen Sie bitte zu mir.«

»Sofort, Sir.«

Es dauerte keine Minute, bis Grimsby eintrat.

»Setzen Sie sich.«

»Danke, Sir.«

Sobald sie allein waren, änderte sich etwas im Verhältnis Grimsbys zu seinem Chef. Er wurde eine Spur vertraulicher, und das hatte seine Gründe.

»Was war los, Grimsby?«, fragte Dr. Morton. »Ich kann mir diese Panne nicht erklären. Können Sie es?«

»Erklären?«, fragte Grimsby zurück. »Ich weiß, es hätte nicht passieren dürfen. Und Sie wissen, dass es auch noch nie passiert ist.«

»Noch nie«, bestätigte Morton. »Ich hoffe, Grimsby, es war eine einmalige Panne. Sie wissen, dass wir uns so etwas nicht leisten können.«

»Ich weiß es so gut wie Sie, Sir.«

»Keine Erklärung?«

Grimsby zuckte die Achseln.

»Ich bin verkrampft, Sir. Unruhig. Seit Tagen schon.« Seine Stimme veränderte sich, bekam einen fast träumerischen Klang: »Neulich war ich drüben in Eastbourne. Auf den Kreidefelsen von Beachy Head. Sie wissen schon, Sir.«

Morton hörte interessiert zu, ohne Grimsby zu unterbrechen.

»Ich habe dort ein Mädchen getroffen. Ein wunderschönes Mädchen. Eine Blonde mit langen Haaren. Sie fielen ihr bis auf die Schultern. Ich habe sie lange beobachtet. Sie sah aus wie ein Engel.«

Er wiederholte langsam:

»Wie ein Engel …«

»Immer noch«, murmelte Morton. »Ich hatte, gehofft, das läge hinter uns.«

»Ich kann nichts dazu, Sir.«

Morton lachte kurz auf.

»Und ich bin machtlos. Ich habe kein Mittel, um Ihnen zu helfen. Um Sie davon zu befreien.«

Grimsby straffte sich. Seine Stimme nahm den früheren bestimmten Ton an. »Ich brauche eine Entspannung, Sir. Ich brauche sie, um wieder normal zu reagieren. Es muss sein, damit Sie sich auf mich verlassen können.«

»Ein blondes Mädchen?«, fragte Dr. Morton. »Blond, schlank, jung?«

»Ja«, sagte Grimsby. »Blond und schlank und jung.«

»Ich will nichts davon wissen, Grimsby.«

»Ich werde Sie nicht damit belästigen, Sir«, murmelte der andere.

»Sie müssen sehr vorsichtig sein.«

»Selbstverständlich, Sir. Wie immer.«

»Nehmen Sie Mrs. Clandon die Fesseln ab.«

Grimsby nickte.

»Und Stone?«

»Der bleibt gefesselt«, entschied Dr. Morton. »Es ist zwar nicht notwendig, aber es vergrößert seine Leiden. Und die Ergebnisse meiner Versuche wird es nicht beeinträchtigen.«

Am nächsten Vormittag war Mortons Plan gefasst, was Mrs. Clandon betraf. Er rief Grimsby zu sich und sprach mit ihm darüber.

Grimsby nickte.

»Sie geben mir recht?«

»Voll und ganz, Sir. Ihr Plan ist einfach und genial. Er muss gelingen.«

»Er wird gelingen«, sagte Morton, »wenn Ihnen kein Fehler unterläuft. Sie wissen, worauf es ankommt.«

»Voll und ganz«, sagte Grimsby. Morton fixierte ihn. Er schien zufrieden.

Etwa eine halbe Stunde später brachte Grimsby Mrs. Clandon den Lunch. Sie fand den Mann sehr verändert. Er lächelte und plauderte mit ihr. Nach zehn Minuten hatte sie fast vergessen, wie sehr sie ihn fürchtete.

»Nun lassen Sie sich's schmecken, Mrs. Clandon«, sagte Grimsby, »Ich wünsche Ihnen guten Appetit.«

Er verließ das Zimmer.

Mrs. Clandon musste zweimal hinschauen, um sich zu vergewissern, dass ihr Blick sie nicht täuschte.

Sie stand auf, ohne das Essen anzurühren, ging langsam, mit behutsamen Schritten auf die Tür zu.

Es stimmte wirklich. Grimsby hatte nicht abgeschlossen.

»Er hat es vergessen«, murmelte sie. »Er hat vergessen, die Tür abzuschließen.«

Sie zitterte am ganzen Körper. Ihr Herz klopfte bis zum Hals.

»Was mache ich«, flüsterte sie. »Ob ich's versuche?«

In Wahrheit konnte sie gar nicht anders. Die Verlockung, dem Gefängnis zu entkommen, war zu groß. Sie sah an sich herab und betrachtete sich in dem kleinen Spiegel über dem Waschbecken.

Ich könnte versuchen, in mein altes Zimmer zu finden, dachte sie. Dann rufe ich nach Schwester Barrington. Sie hilft mir bestimmt.

War das richtig?

War es nicht besser, wenn sie versuchte, die Klinik ganz zu verlassen?

Ich muss mich beeilen, dachte Mrs. Clandon. Vielleicht fällt Grimsby ein, dass er nicht abgeschlossen hat, und er kommt zurück. Vielleicht ist es schon zu spät, wenn ich noch eine Minute zögere.

Der Gedanke, im Nachthemd und in Hausschuhen auf die Straße zu laufen, schreckte Mrs. Clandon. Aber immerhin war es besser, fast nackt hinauszulaufen, als hier in diesem Zimmer gefangen zu sein.

Am qualvollsten war die Ungewissheit: Was würde die nächste Stunde, was der nächste Tag bringen?

Nein, da war es wirklich besser, sich für wenige Minuten dem Gelächter und den anzüglichen Bemerkungen der Straßenpassanten auszusetzen, der Touristen, von denen es im Moment in Brighton wimmelte und die fast so schlimm waren wie die Leute vom Kontinent.

Mrs. Clandon strich das Nachthemd noch einmal glatt. Die Nippel ihrer Brüste stachen durch den dünnen Stoff. Vorsichtig näherte sie sich der Tür.

Sie dachte an Dr. Morton. Was war mit ihm los? Warum hatte er sie nicht hier herausgeholt?

Mrs. Clandon schüttelte den Kopf. Sie konnte sich immer noch keinen Reim auf das machen, was geschehen war. Und sie weigerte sich schlicht zu glauben, dass Dr. Morton nicht der untadelige Held sei, für den sie ihn gehalten hatte.

Vor ihrem Zimmer gelangte sie auf einen langen, in gleichmäßigen Abständen von Deckenlampen erleuchteten Flur. Links und rechts sah sie Türen. Der Fußboden war gefliest und wirkte sehr sauber, fast steril.

Nirgends war jemand zu sehen.

Sie schlich den Gang entlang. Ihr Instinkt sagte ihr, dass es am anderen Ende einen Ausgang oder eine Treppe geben musste.

Tatsächlich, da war die Treppe. Sie führte nach oben.

Mrs. Clandon sah sich noch einmal um. Was, wenn Grimsby jetzt auftauchte?

Ich schreie! dachte sie. Ich kann gar nicht anders. Ich schreie so laut, dass alles zusammenläuft.

Aber wer würde zusammenlaufen? War außer ihr überhaupt jemand hier?

Stufe um Stufe erklomm sie die Treppe. Sie rechnete immer noch mit Grimsbys Auftauchen und damit, wieder hinuntergeschleppt zu werden.

Dann war die Treppe zu Ende. Mrs. Clandon stand vor einer Tür. Ihre Hand drückte die Klinke nach unten. Sie wagte kaum zu hoffen, dass auch diese Tür nicht verschlossen war.

Doch die Tür gab dem leichten Zug nach. Gleich darauf stand Mrs. Clandon in einem der Seitenhöfe von Dr. Mortons Privatklinik. In einem Hof, auf den kein einziges Fenster ging, wie sie erkannte, als sie an den Mauern emporblickte.

Sie sah hinüber zu der Begrenzungsmauer und entdeckte die kleine Pforte neben dem verschlossenen Tor.

»Oh lieber Gott, gib, dass sie auch unverschlossen ist«, murmelte Mrs. Clandon. »Gib, dass ich hier herauskomme. Ich will alles tun! Alles!«

Sie rannte los. Erreichte die Pforte. Drückte die Klinke.

Die Pforte war nicht verschlossen.

Aufatmend lehnte Mrs. Clandon sich außen gegen die Umfassungsmauer.

Sie befand sich in einer stillen Seitenstraße. Wo sie war, wusste sie nicht genau. Sie hatte sich auch noch keine Gedanken darüber gemacht, wie es jetzt weitergehen sollte. Doch der Wunsch, möglichst viel Raum zwischen sich und das Gefängnis zu bringen, dem sie eben entronnen war, trieb sie weiter.

Sie rannte los, so schnell ihre Hausschuhe das gestatteten.

In einer Ausfahrt tauchte ein junger Mann auf. Er sah ihr verblüfft nach. Dann rief er etwas, ein Fenster öffnete sich, zwei, drei Gesichter drängten sich. Der junge Mann rief, deutete auf die davoneilende Mrs. Clandon.

Sie hörte das Lachen hinter sich. Erreichte eine Ecke. Bog nach rechts ab. Die Straße, in der sie sich jetzt befand, war ebenso ruhig wie die, die sie gerade verlassen hatte.

»Ich werde irgendwo klingeln«, murmelte sie. »Ich werde läuten und bitten, dass man mich aufnimmt und die Polizei benachrichtigt. Dass man meinen Mann verständigt. Die Polizei muss in die Klinik.

Sie muss Grimsby verhaften. Grimsby ist an allem schuld. Nicht Dr. Morton! Ich glaube Dr. Morton ist ebenso in Grimsbys Gewalt, wie ich es war.«

Grimsby …

Ein unauffälliger Wagen näherte sich von hinten und hielt neben Mrs. Clandon. Die Tür wurde geöffnet. »Steigen Sie doch ein. Mrs. Clandon«, sagte eine freundliche Stimme.

Sie blieb stehen, starrte in das Gesicht, das ihr entgegenlächelte und fühlte, wie sie langsam zum Eiszapfen wurde. Etwas krampfte sich um ihr Herz. Sie konnte sich nicht wehren, als eine Hand nach ihrem Gelenk griff und sie mit einer knappen Bewegung in den Wagen riss.

Grimsby.

Er hatte sie wieder. Sie war ihm nicht entkommen. Er hatte sie erneut eingefangen. Jetzt saß sie neben ihm im Wagen und er fuhr mit ihr davon.

»Wohin fahren wir?«, fragte sie.

»Wohin?«, fragte Grimsby freundlich. »Zur Klinik natürlich, Mrs. Clandon. Sie sind krank. Sie hätten nicht davonlaufen sollen.«

»Das ist nicht der Weg zur Klinik«, sagte sie. »Wir fahren in der falschen Richtung. Wohin bringen Sie mich?«

»Eine Vorsichtsmaßnahme«, erklärte Grimsby. »Zur Klinik fahren wir später. Vorher machen wir einen kleinen Ausflug. Warum genießen Sie ihn nicht?«

Mrs. Clandon dachte mehr als einmal daran, die Wagentür zu öffnen und sich einfach auf die Straße fallen zu lassen.

Aber sie war viel zu schwach, ihre Glieder gehorchten nicht. Sie zitterte am ganzen Körper. Wenn sie versuchte, eine Hand zu heben, wurde das Zittern noch schlimmer. Sie gab den Versuch jedes Mal rasch wieder auf.

Mr. Grimsby steuerte den Wagen in Richtung Worthing. Aber schon nach einer knappen Meile bog er von der Hauptstraße ab. Sie fuhren mehr als zwei Stunden kreuz und quer über schmale Straßen und Feldwege und erreichten schließlich ein halbverfallenes Cottage.

»Sie bleiben sitzen, Mrs. Clandon«, befahl Grimsby, während er ausstieg.

Sie nickte.

Wie konnte sie sich ihm widersetzen, hier, wo es weit und breit keinen Menschen gab, der ihr helfen würde.

Mir hilft niemand, dachte sie. *Nicht mal in Brighton hat mir jemand geholfen. Und dort gab es andere Menschen.*

Sie sah zu, wie Grimsby ein Tor öffnete und einen Wagen herausfuhr. Er zwang sie, umzusteigen. Dann fuhr er den Wagen, mit dem sie gekommen waren, in die Garage und verschloss sie.

Mrs. Clandon brauchte gar nicht zu fragen, wohin die Fahrt diesmal ging. Aber bevor sie die Hauptstraße nach Brighton erreichten, hielt Grimsby auf einem Parkplatz.

Er lächelte sie freundlich an.

»Es tut nicht weh, Mrs. Clandon. Und es dient nur der Sicherheit.«

Aus weit aufgerissenen Augen starrte sie ihn an. Sie sah, wie er die Spritze aus dem Etui nahm, wie er die Nadel in die Ampulle stieß, die Spritze aufzog und nach dem Wattebausch griff.

Sie wollte schreien, sie wollte sich wehren. Aber sie konnte Sich nicht einmal rühren. Sie war wie gelähmt. Kaum, dass sie den Einstich spürte.

Der Wagen hatte den Parkplatz noch nicht verlassen, da dämmerte Mrs. Clandon bereits hinüber. Sie merkte nichts davon, dass sie nach Brighton zurückkehrten. Sie merkte nicht, dass man sie aus dem Wagen in die Klinik trug – durch den versteckten Seiteneingang. Sie merkte nicht, dass Grimsby sie auf ihr Bett legte.

Er wandte sich zu Dr. Morton um.

»Es ist alles glattgegangen, Sir. Keine Schwierigkeiten.«

»Sie haben sie an der vereinbarten Stelle in den Wagen genommen?«

»Ja, Sir. In der engen Durchfahrt. Dort, wo niemand zusehen konnte.«

»Und vorher?«, fragte Dr. Morton. »Hat man Mrs. Clandon gesehen?

»Selbstverständlich«, sagte Grimsby. »Ganz, wie Sie es geplant hatten. Mindestens zwei Dutzend Menschen haben sie im Nachthemd über die Straße laufen sehen, nachdem sie unser Grundstück verlassen hatte. Einige davon kenne ich. Wenn wir Zeugen brauchen, werden sie sich bestimmt melden.«

»Man sieht nicht jeden Tag eine Frau fast nackt durch Brightons Straßen laufen«, fügte Dr. Morton lächelnd hinzu.

Jedem Fremden wäre wieder aufgefallen, in welch vertraulichem Ton Grimsby und Dr. Morton miteinander sprachen. Aber daran war eigentlich gar nichts verwunderlich.

Morton und Grimsby kannten sich seit vielen Jahren. Im zweiten Weltkrieg hatten sie als blutjunge Infanteristen Seite an Seite im Schützengraben gelegen. Jeder hatte dem anderen mehrmals das Leben gerettet. Nach dem Krieg hatten beide begonnen, Medizin zu studieren.

Ihre Wege hatten sich getrennt, als Grimsby die Universität einer finsteren Affäre wegen verlassen musste. Erst Jahre später – Dr. Morton war mittlerweile bereits als erfolgreicher Chirurg in Londons Harley Street etabliert – begegneten sie sich zufällig.

Nach einem sehr langen Gespräch fanden sie, dass es beiden zum Vorteil gereichte, sich zusammenzutun.

*

Allmählich kam Mrs. Clandon wieder zu sich. Sie tauchte aus der Tiefe ihrer Bewusstlosigkeit an die Oberfläche der Realität.

Als sie die Augen aufschlug, sah sie in Dr. Mortons Gesicht. Seine Augen lächelten. Er sah sie beruhigend an. Mrs. Clandon atmete ganz tief durch. Dass er an ihrem Bett saß und nicht Grimsby, empfand sie fast wie ein Geschenk.

»Was ist geschehen, Dr. Morton?«, fragte sie. »Warum bin ich wieder hier?«

»Sie hätten gar nicht weglaufen sollen«, sagte er. »Sie sind sehr krank, Mrs. Clandon.«

»Warum hat er mich nicht laufenlassen?«, schluchzte sie. »Warum hat er mich hierher zurückgebracht?«

»Glauben Sie mir, es musste sein«, sagte Dr. Morton.

»Ihret- oder meinetwegen?«

Er sah sie an und zuckte die Schultern.

»Wenn Sie es genau wissen wollen: meinetwegen.«

»Und jetzt?«, fragte sie angstvoll. »Was wird aus mir? Was haben Sie mit mir vor? Was wird Grimsby mit mir machen?«

»Grimsby? Der wird Ihnen kein Haar krümmen.«

Obwohl Sie sich selbst darüber wunderte – Mrs. Clandon glaubte Dr. Morton.

»Mir werden Sie helfen«, sagte er. »Sie werden mich bei meiner Arbeit unterstützen.«

Sie war bereit, allem zuzustimmen, wenn man ihr nur versprach, dass der schreckliche Grimsby sie nicht mehr anrühren durfte,

»Ich soll Ihnen helfen, Dr. Morton? Was kann ich denn tun?«

»Sie werden an meinen Experimenten teilnehmen«, sagte er.

»Wie kann ich das? Ich verstehe doch gar nichts davon.«

Er lächelte.

»Als Versuchsperson. Und dazu brauchen Sie nichts von Medizin und Biochemie zu verstehen.«

»Versuchsperson«, flüsterte Mrs. Clandon tonlos.

Sie dachte an den blauen Mann und ahnte plötzlich, was ihr bevorstand.

Hinter Dr. Morton stand Grimsby. Mrs. Clandon schrak zusammen. Sie hatte ihn nicht hereinkommen hören. Grimsby grinste sie an.

»Drüben ist alles vorbereitet, Sir. Soll ich Mrs. Clandon hinüberbringen?«

»Nein!«, schrie sie. »Nein! Nein! Nein!« Und, mühsam beherrscht, zu Dr. Morton: »Sie haben mir versprochen, dass er mich nicht mehr anrührt! Sie haben gesagt, er darf mir kein Haar krümmen!«

»Das wird er auch nicht tun, liebe Mrs. Clandon«, sagte Morton. »Grimsby, Sie werden sich doch wie ein Gentleman benehmen?«

»Selbstverständlich, Sir. Soll ich sie jetzt hinübertragen?«

»Ich glaube, wir warten noch damit«, entschied Dr. Morton. »Ich werde Mrs. Clandon selbst ein Beruhigungsmittel geben. Sie soll wieder ganz sie selbst werden, bevor wir es tun.«

*

Grimsby fuhr einen mehrere Jahre alten, unauffälligen Austin A 60, einen Wagen, wie sie zu Tausenden auf den Straßen waren, ein absolut unauffälliges Fahrzeug. Niemand konnte ahnen, dass unter der Haube ein kräftiger Dreilitermotor versteckt war, der das Gefährt, wenn es sein musste, mühelos auf mehr als 100 Meilen in der Stunde beschleunigte.

Grimsby trug eine leichte Sommerhose und ein buntes Hemd. Um den Hals hatte er ein Tuch geschlungen. In der Nähe von Eastbourne parkte er den Austin und ging zu Fuß nach Beachy Head.

Hier kannte er sich aus. Es gab keinen Weg und keinen Steig an den Kreidefelsen, der ihm freund gewesen wäre.

Grimsby war einer der wenigen Menschen die es wagten von Beachy Head bis hinunter zum Meer zu klettern – und auch wieder zurück -, ohne sich anzuseilen oder auf andere Art zu sichern.

Zu einer Kletterpartie war er an diesem Tag allerdings nicht hergekommen. Er spazierte scheinbar ziellos am Rand der Felsen entlang, die fast senkrecht über 170 Meter tief zum Meer abfielen. Dabei erreichte er einen exponierten Punkt, an dem es ihm immer besonders gut gefallen hatte.

Wenn man sich hier auf den Bauch legte und vorsichtig bis zum Rand des Felsens robbte, sah man genau dorthin, wo etwa bis zur halben Höhe ein fast nadelspitzer Felsen emporragte.

»Man müsste ihn exakt treffen«, murmelte Grimsby. »Direkt die Spitze. Ich bin gespannt, was dann passiert.«

Von weither drangen fröhliche Stimmen, drang Gelächter zu ihm. Grimsby stand auf, säuberte seine Hose und sein Hemd und sah nach, wer sich außer ihm noch hierher gewagt hatte.

Es war eine Gruppe von jungen Leuten, Jungen und Mädchen. Als er eine Blonde mit langen Haaren darunter entdeckte, glaubte er, sein Herz würde stillstehen. Aber bald erkannte er, dass die Blonde nicht die war, die er erwartete.

Ob die sich heute überhaupt hier blicken ließ?

Grimsby ging der Gruppe, die immer näher kam, aus dem Weg. Er spazierte zurück in Richtung Eastbourne. Auf halbem Weg schlug er sich seitwärts in das niedrige, aber dichte Gebüsch. Das Gelände stieg leicht an. Er fand bald den Platz, den er suchte. Von hier aus konnte man alle Wege überblicken. Niemand, der kam oder ging, entging Grimsbys Aufmerksamkeit.

Auch das Mädchen nicht, das sich drüben, ziemlich dicht am Rand der Felsen bewegte. Es war blond und schlank und sehr jung, und diesmal gab es keinen Zweifel. Die Art ihrer Bewegungen verrieten Grimsby, dass er die richtige gefunden hatte.

Er beobachtete sie. Es dauerte lange, bis sie so nah war, dass er ihr Gesicht erkennen konnte.

Jetzt!, dachte er. *Jetzt ist es endlich soweit. Ich muss sehr geschickt vorgehen. Vor allen Dingen darf ich mich nicht verraten. Nicht zu früh. Das würde alles verderben. Wenn es zu schnell geht, macht es keinen Spaß. Wenn ich einen Fehler mache und mich hinterher beeilen muss, bringe ich mich selbst um das ganze Vergnügen. Dann war alles umsonst. Dann werde ich nicht entspannt nach Brighton zurückkehren. Dann wird es schlimmer sein als vorher.*

Er überlegte, ob Glenn Morton ihm eine weitere Panne, wie sie mit Mr. Stone geschehen war, verzeihen würde.

Er kam zu dem Schluss, dass Morton das gar nicht durfte. Risiken einzugehen, die ein gewisses Maß überschritten das war Dummheit. Grimsby arbeitete sich durch das Gebüsch zurück bis zum Weg. Ganz unvermittelt stand er dem Mädchen gegenüber.

Es erschrak. Grimsby lächelte.

»Aber, aber!«, sagte er gewinnend. »Sie haben doch keine Angst vor mir?«

»Wo kommen Sie so plötzlich her?«

»Ich habe mich da oben gesonnt«, sagte er. »Wunderschönes Fleckchen. Kennen Sie's?«

»Nein.« Sie wollte weitergehen. Grimsby blieb an ihrer Seite. »Sie haben's doch nicht eilig?« Keine Antwort.

»Warum reden Sie nicht mit mir?«

»Was wollen Sie denn?«, fragte sie, blieb stehen und sah ihn schnippisch an. »Mich mit Ihnen unterhalten, was sonst? Sie gefallen mir nämlich.«

»Ach! Das haben Sie schnell gemerkt.«

»So schnell auch wieder nicht«, sagte Grimsby lachend. »Ich habe Sie schon vor einigen Tagen gesehen. Da sind Sie auch hier spazieren gegangen.«

»Ich komme jeden Tag her«, sagte sie.

»Wie heißen Sie denn?«

»Grimsby. William Grimsby. Und Sie?«

»Nicky Brown«, sagte sie artig.

»Nicky. Das ist ein hübscher Name. Warum kommen Sie nicht mit, Nicky?«

»Wohin denn?«

»Dort hinauf. Ich zeig's Ihnen.«

»Was?«

»Na, das Fleckchen, von dem ich gesprochen habe. Sie werden sehen, es ist wirklich schön. Und Sie können dann immer hingehen. Auch ohne mich.«

»Da hab ich was von!«, sagte Nicky lachend. Wurde aber gleich wieder ernst und fügte hinzu: »Ich weiß nicht. Wir sind uns doch völlig fremd. Und es ist sehr einsam hier, nicht wahr?«

»Einsam?«, fragte Grimsby. »Schauen Sie sich um. Hören Sie sich um. Überall Menschen.«

»Die sind weit weg.«

»Kommen Sie schon«, drängte er. »Vor mir brauchen Sie wirklich keine Angst zu haben.«

Nicky zögerte. Sie fühlte sich unsicher. Es war ihr noch nie passiert, dass ein Mann sie so unvermittelt angesprochen hatte. Was sollte sie tun?

»Sie sind zwar noch sehr jung«, sagte Grimsby mitten in ihre Überlegungen hinein, »aber doch kein solches Küken!«

»Was wollen Sie damit sagen? Natürlich bin ich kein Küken.«

»Eben. Deshalb werden Sie auch mitkommen. Wir werden uns nett unterhalten. Ich habe was zu Trinken mit. Zigaretten auch. Wir werden plaudern und rauchen und ab und zu einen Schluck trinken.«

»Ich vertrage gar keinen Alkohol«, sagte Nicky. »Und Zigaretten – pah, in meinem ganzen Leben habe ich nicht mehr als ein Dutzend geraucht.«

Aber sie ging mit. Als sie ins Gebüsch eindrangen, nahm er ihre Hand und zog sie hinter sich her. Einmal schlug ihr ein Zweig ins Gesicht. Sie schrie auf. Grimsby blieb sofort stehen, drehte sich um und sah sie besorgt an.

»Es hat doch nicht weh getan?«

»Nein, nein, schon gut. Ich war nur erschrocken.«

»Sehen Sie«, sagte er, anscheinend stolz auf das Plätzchen, das er hier entdeckt hatte, »ist das nicht wunderbar? Drehen Sie sich um. Sehen Sie dorthin. Und da hinüber. Es gibt keinen Punkt auf dem ganzen Felsen, den Sie von hier aus nicht übersehen können.«

»Tatsächlich, das stimmt«, sagte Nicky. »Und ich habe mir eingebildet, ich kenne mich hier aus.«

»Wohnen Sie in Eastbourne?«

»Ja.«

»Was machen Sie da?«

»Ich gehe noch zur Schule.«

»Sie wohnen bei Ihren Eltern?«

»Natürlich«, sagte Nicky. »Wo sonst?«

»Eine brave Tochter braver Eltern«, sagte Grimsby und grinste.

»Wenn Sie mich so ansehen, wird mir ganz komisch.«

»Wie denn?«

»Na, komisch eben.«

»Aber Sie haben keine Angst vor mir.«

»Angst?«, fragte sie gedehnt, »Warum sollte ich Angst vor Ihnen haben?«

Grimsby grinste stärker. »Ja, warum?«

Sie streckten sich im Gras aus. Es war genauso, wie er's gesagt hatte. Sie plauderten. Sie rauchten, und hin und wieder nahm jeder von ihnen einen Schluck aus der Flasche. Grimsby größere, Nicky sehr kleine.

»Ganz hübsch warm heute.«

»Allerdings.«

»Aber wenn Sie damit sagen wollen ...«

»Sagen? Gar nichts will ich damit sagen. Woran denken Sie denn?«

»Ach, nur so«, sagte Nicky und wurde ein bisschen rot.

»Raus mit der Sprache!«, verlangte Grimsby. »Jetzt haben Sie angefangen, jetzt müssen Sie's auch zu Ende bringen. Ich will wissen, woran Sie gedacht haben.«

»An Ausziehen und so.«

»Aha – Warum nicht? Bei dem Wetter könnte man tatsächlich auch ein Sonnenbad nehmen, ohne so eingemummt zu sein.«

Nicky zierte sich noch ein bisschen. Aber schließlich legte sie doch ihr Kleid ab und die Sandalen und trug nichts mehr auf ihrem schlanken Mädchenkörper als einen knappen weißen Slip und einen ebenso knappen Büstenhalter.

»Sie haben doch nichts dagegen, dass ich es mir auch leichter mache?«, fragte Grimsby.

Er zog sich bis auf die Unterhose aus. Nicky tat, als starre sie an ihm vorbei, aber er merkte, dass sie ihn mit verstohlenen Blicken bedachte.

»Hast du einen Freund, Nicky?«

»Warum duzen Sie mich plötzlich?«

»Hast du einen?«

»Ja. Nein.«

»Also hast du einen!«

»Wenn schon. Was geht das Sie an?«

»Was macht ihr miteinander?«

»Gar nichts. Er ist in London. Er studiert dort.«

»Schön, schön, aber was macht ihr, wenn ihr euch trefft?«

»Was alle machen«, sagte sie unwillig.

»Knutschen, he? Petting, wie man das jetzt nennt. Schlaft ihr miteinander?«

Nicky gab keine Antwort.

»Mir kannst du's ruhig erzählen. Und wenn du Fragen hast … Ich gebe dir gern Auskunft.«

»Worüber denn? Was sollte ich Sie schon fragen?«

Er fixierte sie.

»Ich wette, du hast noch nie mit ihm geschlafen!«

»Mit wem?«

»Mit deinem Freund.«

»Doch, schon.«

»Oft?«

Nicky schüttelte den Kopf.

»Warum nicht? Macht's dir keinen Spaß?«

»Wir sehen uns so selten«, sagte sie.

»Außerdem geht es nur, wenn nichts passieren kann. Wir passen nämlich höllisch auf. Frank möchte nicht, dass ich ein Kind bekomme. Und ich will's natürlich auch vermeiden, solange wir noch nicht verheiratet sind.«

»Ah, ihr wollt heiraten«, sagte Grimsby.

»Natürlich wollen wir das.«

Er rückte ein Stück näher. Als er seine Hand auf ihre Brust legte, hielt sie ganz still. Sie sahen sich in die Augen.

»Bitte nicht«, sagte Nicky leise.

Grimsbys Hand blieb, wo sie war. Als er Nicky zu küssen versuchte, drehte sie den

Kopf zur Seite. Als es ihm trotzdem gelang, seine Lippen auf ihre zu bringen, blieb ihr Mund geschlossen.

Er gab den Versuch bald auf.

»Du bist ja albern«, sagte er.

Da sie nicht reagierte, begann er, ihre Brust zu kneten. Er spürte die harte Warze. Sie stach durch den Stoff.

Einmal stöhnte Nicky ein bisschen. Als seine Hand hinabglitt bis zu dem Dreieck zwischen ihren Schenkeln, drehte sie sich rasch auf den Bauch.

»Das nicht!«, sagte sie scharf.

»Wegen Frank, he?«, fragte er grinsend.

»Wegen Frank. Und überhaupt.«

»Wie ich mir's gedacht habe.« Grimsby drehte sich auf den Rücken und starrte, die Finger hinter dem Kopf ineinander verschränkt, in den Himmel.« »Wie ich mir's gedacht habe. Du bist ein dummes kleines Küken.«

Nicky schwieg.

»Ich mag solche Küken wie dich«, sagte Grimsby. »Verdammt, und wie ich sie mag! Mir wird immer ganz anders, wenn mir eins begegnet. Weißt du, dass du meine Tochter sein könntest?«

»Leicht«, sagte Nicky.

»Vielleicht hätte ich 'ne Tochter wie dich haben sollen. Vielleicht wäre dann alles ganz anders.«

»Was?«, fragte sie.

Er brummte.

»Was wäre anders?«

»Geht dich nichts an«, sagte er.

Nicky bedauerte es ein bisschen, dass seine Hände sich gar nicht mehr mit ihr beschäftigten. Sie rückte näher. Grimsby reagierte nicht.

Sie rückte noch näher. Schließlich berührte sie ihn.

»Was gibt's jetzt?«, fragte er.

»Nichts.«

»Was willst du?«

»Was schon? Gar nichts.«

Jäh drückte er ihre Schultern ins Gras und presste seinen Mund auf ihren.

Diesmal bot sie nicht lange Widerstand.

Seine Zunge drang in ihren Rachen.

Gleich darauf spürte er ihre Zunge. Sie tastete die Reihe seiner Zähne ab.

Sie hörten nicht auf, sich zu küssen, solange sie noch Luft hatten.

»Und jetzt?«, fragte Nicky hinterher atemlos.

Grimsby betrachtete sie schweigend.

»Ich kenn' das doch«, sagte Nicky altklug. »Männer! Wenn man sich von Ihnen küssen lässt, wollen sie gleich mehr.«

»Was du nicht sagst«, brummte Grimsby.

»Sie denken immer nur daran!«, sagte Nicky. »Immer nur an das eine.«

»Es gibt auch welche, die's nicht tun.«

»Aber die sind nicht normal!«

Der Satz traf Grimsby wie der Hieb einer Peitsche. *Sie weiß nicht, was sie da sagt,* dachte er. *Sie weiß nicht, was sie sich selbst damit antut. Sie hat ihr Schicksal besiegelt. Sie hat es so gewollt. Sie ganz alleine!*

*

Je weiter die Dämmerung fortschritt, desto leerer wurde der Kreidefelsen von Beachy Head.

Nicky fröstelte.

»Jetzt muss ich aber wirklich gehen«, sagte sie. »Ich werde mich anziehen.«

»Tu das«, brummte er und stieg ebenfalls in seine Hose.

Sie war schon fertig, als er sein Hemd zuknöpfte.

»Warte, ich bring dich noch ein Stück.«

»Nicht nötig«, sagte sie. »Ich finde den Weg alleine. Ich kenne mich ja aus.«

»Ich bring dich trotzdem.«

»Warum?«

»Ich möcht ganz gern noch ein bisschen mit dir zusammen sein.«

»Wirklich?«, fragte sie kokett.

»Warum fragst du?«

Sie zuckte die Schultern.

»Hm, ich dachte, Sie machen sich nichts mehr aus mir.«

»Versteh ich nicht.«

»Na, sonst hätten Sie doch sicher versucht …«

Grimsby brachte es fertig, zu lächeln.

»Ach, deswegen meinst du! Nein, nein, das hat ganz andere Gründe.«

»Welche denn?«

»Du bist mir einfach zu jung. Und zu schade«, sagte er. »Außerdem hast du einen Freund.«

Nicky kam langsam auf ihn zu, blieb dicht vor ihm stehen, hob sich auf die Zehenspitzen und gab ihm einen raschen Kuss auf die Wange.

»Das ist nett von Ihnen. Wirklich! Ich mag Sie.«

»Freut mich«, brummte Grimsby. »Ich mag dich nämlich auch.«

Zu zweit zwängten sie sich durch die Büsche und kehrten zurück zum Weg. Grimsby warf einen Blick nach rechts, einen Blick nach links. Es gab keinen Menschen, der ihm hinderlich sein konnte.

»Lass uns da vorne herumgehen«, sagte er.

»Aber warum? Wenn wir den Weg hier hinuntergehen, sind wir viel schneller da.«

»Es ist noch früh. Kommt doch auf zehn Minuten nicht an. Oder?«

Sie gab nach.

Nebeneinanderher gingen sie auf die Stelle zu, die Grimsby liebte wie keine andere hier auf den Kreidefelsen. Auf die Stelle, an der er am gleichen Tag, nur wenige Stunden zuvor, bäuchlings gelegen und in die Tiefe gestarrt hatte.

Dorthin, wo der nadelspitze Felsen emporragte.

»Der Weg geht aber hier rechts weiter«, sagte Nicky.

»Wenn schon. Da vorne kann man auch langgehen.«

»So dicht am Rand?«

Er lachte.

»Du hast doch keine Angst? Du brauchst wirklich keine Angst zu haben. Ich kenne hier jeden Fleck.«

»Sie kommen oft her, nicht?«

»Ja, sehr oft.«

»Ich auch«, sagte sie. »Aber wir wohnen noch nicht lange in Eastbourne.«

»Hab ich mir gedacht«, sagte Grimsby. »Sonst hätte ich dich schon früher gesehen.«

Jetzt hatten sie die Stelle erreicht. Grimsby blieb stehen. Nicky auch. Sie sah ihn fragend an.

»Setzen wir uns«, sagte er.

»Warum?«

»Setz dich!«

Sie gehorchte. Plötzlich hatte sie Angst. Aber da setzte Grimsby sich neben sie, legte einen Arm um ihre Schulter und lächelte sie an.

»Du bist wirklich ein nettes Mädchen.«

»Ich hab richtig Angst gehabt«, sagte sie atemlos. »Vor Ihnen! Weil Sie mich so angeherrscht haben.«

»Mach dir nichts draus. Vergiss es.«

»Was soll das?«, fragte sie, als er begann sie wieder auszuziehen.

»Vorhin hast du doch darauf gewartet.«

»Worauf?«

»Dass ich's tue.«

»Was?«

»Dass ich mit dir schlafe.«

Sie widersprach. Aber je mehr sie widersprach, desto weniger Wirkung schien das auf Grimsby zu haben. Natürlich hätte sie sich wehren können. Aber dazu kam sie gar nicht. Bevor's ihr einfiel, war sie fast nackt. Wie drüben auf dem kleinen Hügel, trug sie auch jetzt nur noch ihre spärliche Wäsche.

Grimsby griff nach dem BH-Verschluss.

»Bitte nicht!«, sagte sie. »Nicht hier!«

»Warum nicht hier?«

»Es ist schon spät. Und es ist kalt. Ich friere.

»Nicht mehr lange«, sagte Grimsby.

»Ich werde mich erkälten.«

»Das spielt keine Rolle.«

»Wieso?«, fragte Nicky empört. »Wieso spielt das keine Rolle, wenn ich mich erkälte?«

»Es spielt keine Rolle mehr«, sagte Grimsby freundlich.

In diesem Augenblick begriff Nicky, dass sie sich in den Händen ihres Mörders befand.

Sie wollte schreien. Sie öffnete den Mund, um zu schreien, aber da war Grimsbys große Hand, die hielt ihren Mund zu, und niemand hörte den Schrei, der in ihrer Kehle erstickte.

Mit der freien Hand fetzte er den BH zur Seile. Mit funkelnden Blicken betrachtete er die nackten Brüste. Dann kam der Slip an die Reihe. Auch er riss unter dem harten Griff.

Grimsby hielt das nackte Mädchen in den Armen. Seine Finger betasteten den jungen, festen Körper. Als er merkte, dass Nicky zu ersticken drohte, lockerte er den Griff.

Tief saugte sie die Luft in ihre Lungen.

»Versuch nicht wieder zu schreien!«

Ängstlich schüttelte sie den Kopf. Versuchte es tatsächlich nicht. Welchen Sinn hätte es gehabt?

»Warum?«, keuchte sie. »Was hab ich denn getan?«

»Gar nichts«, sagte Grimsby. »Du hast nichts getan. Und ich hab dir auch nichts getan. Ich konnte dir gar nichts tun. Wenn ich gekonnt hätte …«

Er robbte näher zum Abgrund. Einen Arm hatte er um Nickys Körper geschlungen und zog sie mit sich.

»Nicht!«, schrie sie. »Wir fallen hinunter! Wir stürzen ab!«

»Wir werden nicht abstürzen«, sagte Grimsby. »Glaub mir, ich kenne mich hier wirklich besser aus als irgendein anderer.«

Unter seinem Blick wurde sie ganz starr. Alle möglichen Gedanken schossen ihr durch den Kopf. Sie wollte ihn anflehen. Sie wollte ihm Versprechungen machen. Sie wollte bitten und betteln. Um ihr Leben. Aber sie brachte keinen Ton heraus. Ihre Kehle war wie zugeschnürt. Ihre Gedanken bewegten sich im Kreis. Hilflos.

Ich darf es nicht zu lange hinauszögern, dachte Grimsby. *Auch wenn ich das möchte. Ich darf nicht. Das Risiko ist zu groß. Schließlich kommt doch jemand in der Nähe vorbei, ich; passe ein paar Sekunden nicht auf, sie schreit – und schon ist es passiert.*

Er zog sie mit einem Ruck näher zum Abgrund. Sie lag schräg vor ihm, wimmerte, zitterte, krallte sich an seinen Arm.

»Das nutzt nichts, Kindchen«, sagte er fast zärtlich. »Es hat keinen Zweck. Du machst es dir nur selbst schwer.«

Noch einmal liebkoste er ihren nackten Körper mit seinem Blick.

Dann stieß er sie über den Abgrund.

Im gleichen Moment schob er sich nach vorne, so dass sein halber Oberkörper hinausragte. Er sah sie fallen. Sie fiel genau auf den nadelspitzen Felsen zu.

Grimsby sah's mit angehaltenem Atem und weit aufgerissenen Augen.

Jetzt! Jetzt musste sie von der Spitze aufgespießt werden!

Enttäuscht atmete er aus. Sie war haarscharf vorbeigefallen. Seine Enttäuschung verflog so schnell, wie sie aufgekommen war.

Nickys markerschütternder Schrei gellte durch die Dämmerung. Fast im gleichen Moment zerschmetterte ihr schlanker Körper am Fuß des Kreidefelsens, am Rand des Wassers.

Grimsby warf sich herum. Er hatte seine Hose aufgerissen. Eine Hand war darin verschwunden. Alles dauerte nur Sekunden. Er bäumte sich auf, stöhnte, fiel dann in sich zusammen und blieb wie tot liegen.

Aber auch dieser Zustand währte nicht lange.

Als er sich eine knappe Minute später erhob, atmete er zwar noch heftig, aber seine Bewegungen waren ruhig und kontrolliert.

Er sammelte Nickys Kleider zusammen, machte ein Bündel daraus und warf's hinter dem Mädchen her. Dann kehrte er zu seinem Wagen in der Nähe von Eastbourne zurück.

»Dr. Morton kann sich wieder auf mich verlassen«, murmelte er, als er den Motor startete.

*

Nachdem Dr. Glenn Morton zwei volle Tage in London in seiner Praxis in der Harley Street und in seiner luxuriösen Wohnung am Grosvenor Square verbracht hatte, kehrte er nach Brighton zurück. Er besaß auch hier ein weitläufig es Wohnhaus, Lannix-Manor, etwas außerhalb des Badeorts, aber sein Weg führte direkt zur Klinik.

Nachdem er das Notwendigste mit verschiedenen ärztlichen Mitarbeitern sowie mit Schwester Barrington besprochen hatte, klingelte er nach Grimsby.

Wie gewohnt, kam der fast sofort.

»Was gibt's Neues?«

»Nichts Wesentliches, Sir.«

Morton lehnte sich in seinem bequemen Ledersessel zurück und schlug die Beine übereinander. Er starrte Grimsby an.

»Sie fühlen sich wieder in Ordnung?«

»Danke, Sir. Völlig.«

»Ich mache mir Sorgen.«

»Worüber, Sir?«

»Über Miss Knowles.«

»Ich verstehe, Sir. Wegen der Geschichte mit Stone.«

»Ganz recht. Haben Sie Miss Knowles beobachtet, während ich nicht da war?«

»Selbstverständlich, Sir.«

»Wie hat sie sich benommen?«

Grimsby sagte nachdenklich: »Ich wüsste wirklich nicht, dass mir irgendetwas an ihrem Benehmen aufgefallen wäre. Ich möchte sagen, sie ist, wie sie immer war.«

Morton seufzte.

»Sie wissen, dass wir keinen Grund haben, Miss Knowles noch länger hier zu behalten. Ihre Behandlung ist abgeschlossen.«

»Ja, das weiß ich. Ich habe mir ihr Krankenblatt angeschaut.«

»Was sollen wir tun?«

»Halten Sie es denn für ein Risiko, sie zu entlassen, Sir?«

»Ein Risiko, das sich nicht kalkulieren lässt.«

Grimsby dachte nach.

»Wenn Sie wirklich meinen, Sir, wäre es vielleicht gut, wenn Sie sich selbst mit ihr unterhielten.«

»Daran habe ich auch schon gedacht. Sie hat ein Einzelzimmer?«

»Ja, Sir. Nummer 21.«

»Danke. Ich werde zu ihr gehen. Inzwischen können Sie die Vorbereitungen für unsere Experimente treffen.«

»Damit hatte ich schon begonnen, Sir. Narkose für beide?«

Dr. Morton dachte darüber nach.

»Nur für Mrs. Clandon, Grimsby. Ich denke, Mr. Stone wird es auch so überstehen. Und ich kann die Gelegenheit nutzen, mich mit ihm zu unterhalten.«

Er suchte Miss Knowles in ihrem Zimmer auf. Sie sah reizend aus. Das sagte er ihr.

»Danke, Dr. Morton! Wann werde ich entlassen?«

»Darüber wollte ich mit Ihnen sprechen, Miss Knowles.«

»Das ist schön. Ich brenne darauf, endlich rauszukommen. Sie verstehen mich richtig, nicht wahr? Es ist nicht so, dass es mir hier nicht gefiele. Aber wenn man so lange im Krankenhaus ist …«

»Ich verstehe Sie voll und ganz«, sagte Dr. Morton. »Ich hätte Sie sogar schon früher entlassen, aber ich dachte, ein paar Tage Ruhe tun Ihnen gut – nach dem Vorfall mit Mrs. Clandon.«,

»Ach, das!«, sagte Miss Knowles. »Daran denke ich schon gar nicht mehr. Hat man sie eigentlich inzwischen gefunden?«

»Nein«, sagte Dr. Morton seufzend. »Leider nicht. Die Polizei tut sicher, was sie kann, aber bis jetzt hat sie noch keine Spur von der Armen gefunden.«

Miss Knowles kicherte gegen ihren Willen. Dann sagte sie:

»Zu denken, dass sie im Nachthemd davongelaufen ist! Warum hat sie das getan, Dr. Morton?«

»Ich kann's mir auch nicht erklären. Es muss – ein Moment geistiger Verwirrung gewesen sein.«

»Natürlich«, sagte Miss Knowles. »Erst hat sie von blauen Männern erzählt, von nackten blauen Männern, die über den Flur rennen, und dann läuft sie selbst davon – im Nachthemd, auf die Straße hinaus.«

»Und verschwindet spurlos«, sagte Dr. Morton. »Wirklich mysteriös.«

»Sie brauchen aber nicht zu denken, dass mich das belastet«, versicherte Miss Knowles.

Er hatte das Gefühl, dass sie ihn ein wenig ängstlich ansah. Doch das konnte täuschen.

»Ganz bestimmt, Dr. Morton: Ich fühle mich glänzend!«

»Wenn Sie das selbst sagen …« Er stand auf und klopfte ihr auf die Schulter. »In Ordnung, Miss Knowles. Morgen früh werden Sie entlassen.«

»Danke, Herr Doktor!«

»Sie sollten sich noch ein bisschen schonen.«

»Das werde ich tun.«

»Wo gehen Sie hin?«

»Zurück nach London. In meine Wohnung. Aber vielleicht mache ich auch noch ein paar Tage Urlaub auf dem Land. Ich habe eine Tante. Sie wohnt in High Wycombe und hat mich letztes Jahr schon eingeladen.«

»High Wycombe«, wiederholte Dr. Morton. »Der Aufenthalt dort wird Ihnen bestimmt guttun.«

Er verabschiedete sich und ging hinunter ins Souterrain, passierte die geheime Tür, deren Existenz außer ihm nur noch Grimsby kannte, und fand, dass im Labor bereits alle Vorbereitungen getroffen waren.

»Alles in Ordnung, Sir?«, fragte Grimsby vertraulich.

»Ich weiß es nicht«, gab Morton nachdenklich zurück. »Miss Knowles wird morgen entlassen. Sie geht entweder in ihre Londoner Wohnung oder zu einer Tante nach High Wycombe. Kennen Sie High Wycombe, Grimsby?

»Ich bin mal durchgekommen, Sir.«

»Vielleicht sollten wir ein Auge auf Miss Knowles haben.«

Grimsby war ganz dieser Ansicht und sicher, seinen Chef richtig verstanden zu haben.

*

Dr. Morton hatte sich davon überzeugt, dass er mit seinen Experimenten beginnen konnte.

»In Ordnung, Grimsby«, sagte er. »Sie können unsere Versuchspersonen hereinbringen.«

Grimsby nickte.

Mrs. Clandon wartete auf einer fahrbaren Bahre hinter einer der Türen des Labors. Grimsby schob sie herein.

»Hat sie Schwierigkeiten gemacht?«, fragte Dr. Morton.

»Nicht der Rede wert. Sie brauchen sich keine Gedanken zu machen, Sir. Mit so etwas werde ich immer fertig.«

Daran zweifelte Morton nicht.

Er schlug das Laken zurück, mit dem Grimsby die betäubte Frau bedeckt hatte. Natürlich war es nicht das erste Mal, dass er Mrs. Clandon nackt sah.

Aber diesmal betrachtete er ihre teils rosige, teils leicht gebräunte Haut mit besonderem Interesse. Auch ihn verblüffte die so deutlich sichtbare Nebenwirkung seiner Versuche immer wieder. Sie beschäftigte ihn; wann immer er Zeit dazu fand, grübelte er darüber nach, wie sie zu beseitigen waren.

Zweifellos war er fast am Ziel seiner Versuche. Wenn er es erreicht hatte, würde das für die Biochemie und für die Medizin ein großer Schritt nach vorn sein. Dr. Glenn Mortons Name würde noch heller leuchten, als das ohnehin schon der Fall war.

Ich bin nicht frei davon, dachte Morton. *So wenig wie irgendein anderer. Auch mich erfüllt es mit Stolz und Befriedigung, Ruhm und Ehre und nebenbei ein Vermögen zu erwerben.*

Während Grimsby hinausging, um Mr. Stone zu holen, bereitete Dr. Morton Mrs. Clandon vor. Er war noch nicht ganz fertig damit, als er Stimmen vor dem Labor hörte. Er unterschied zwei: Grimsbys ruhiges, sonores Organ und die aufgeregte, hellere Stimme von Mr. Stone, der sich wieder einmal wortreich darüber beschwerte, dass man ihn hier festhielt und wie man ihn behandelte. Zum wiederholten Mal verlangte er, auf der Stelle freigelassen zu werden.

Das ist allmählich lächerlich, dachte Morton.

Als er ins Labor geschoben wurde, stieß Mr. Stone immer noch finstere Drohungen aus. Dr. Mortons Anblick schien ihn zu befeuern.

»Sie werden's büßen, Doktor!«, kreischte er. »Sie werden dort enden, wo Sie hingehören! Im Zuchthaus!«

»Wie geht es Ihnen?«, fragte Dr. Morton ruhig. »Wie fühlen Sie sich?«

Statt zu antworten, wiederholte Stone seine Drohungen. Liebenswürdig gab Dr. Morton zurück:

»Ich fürchte, Mr. Stone, Ihre diesbezüglichen Wünsche gehen nicht in Erfüllung.«

»Dann werde ich Sie selbst umbringen!«, knurrte Stone. »Mit meinen eigenen Händen!«

Dr. Morton lachte.

»Wie denn – Sie wollen das tun, was Sie mir vorwerfen? Selbstjustiz? Sie sehen, wie man zu solchen Wünschen kommt.«

Mr. Stone hatte Mrs. Clandon entdeckt, die nackt und schön auf der Bahre lag.

»Wer ist das?«, fragte er.

»Sie sind ihr schon einmal begegnet. Erinnern Sie sich nicht? Als Grimsby Ihnen aus Unachtsamkeit fast zur Flucht verholfen hätte, haben Sie sie oben auf einem Flur der Klinik getroffen. Deshalb ist sie jetzt hier.«

Mr. Stone starrte Dr. Morton an.

»Sie sind ein Teufel!«, sagte er überzeugt.

Morton zuckte die Achseln.

»Für Mrs. Clandon ist es natürlich unangenehm, dass sie ihren ständigen Aufenthalt hier nehmen musste. Andererseits begrüße ich es sehr, dass ich statt einer, nun zwei Versuchspersonen habe. Zehn zwanzig, dreißig wären natürlich noch wesentlich besser.« Er plauderte, als stünden Mr. Stone und er sich auf einer Party gegenüber. »Ich könnte mir vielleicht zehn, zwanzig oder auch dreißig Menschen verschaffen, wissen Sie? Aber es mangelt mir hier an Platz, sie alle unterzubringen. Leider.«

»Ein Teufel sind Sie«, wiederholte Stone murmelnd. Wenn er diesen Menschen nur ansah, packte ihn das kalte Entsetzen, und er wusste: Falls nicht ein Wunder geschah, kam er nicht mehr lebend aus diesem Keller heraus.

»Interessiert es Sie, was ich hier mache, Mr. Stone?«, fragte Morton, während er sich mit Mrs. Clandon beschäftigte.

Stone kam zwei Schritte näher. Grimsby blieb dicht hinter ihm, bereit, ihn zu packen, sobald er eine verdächtige Bewegung machte.

»Ich glaube, ich habe Ihnen schon gesagt, um was es geht. Um einen Blut-Ersatz. Um ein Kunstblut. Sehen Sie, diese tiefblau schimmernde Flüssigkeit ist es, die Sie in Ihren Adern hatten.

Ich hatte ihr Blut zu 100 Prozent durch dieses künstliche Substrat ersetzt. Inzwischen hat Ihre Haut, das sehen Sie selbst, ihre natürliche Färbung fast wieder erreicht. – Übrigens sind Sie ziemlich blass, Stone.«

»Was bedeutet das?«, fragte Stone, für den Augenblick fasziniert von Dr. Mortons Experimenten, obwohl er natürlich nicht vergessen konnte, auf welch grausame Art er einbezogen war. »Was bedeutet es, dass ich nicht mehr blau bin?«

»Sehr einfach«, sagte Dr. Morton. »Es bedeutet, dass Ihr Organismus inzwischen wieder genügend eigenes Blut gebildet hat.«

»Was machen Sie mit ihr?«

»Das, was ich mit Ihnen getan habe.«

Nach einer kleinen Pause fragte Stone: »Und mit mir? Was geschieht heute mit mir?«

»Oh«, sagte Dr. Morton, »hat Grimsby Ihnen das nicht gesagt?«

»Nein.«

»Ich wiederhole das Experiment.«

»Aber warum?«, fragte Stone. »Warum wollen Sie das tun?«

»Dafür gibt es eine ganze Reihe von Gründen«, sagte Morton geduldig. »Es würde zu weit führen, wollte ich sie Ihnen alle erläutern. Genügt es, wenn ich Ihnen sage, dass ich weitere Erkenntnisse brauche?«

Stone schwieg. Er wusste, jeder Einwand war zwecklos. Er erreichte höchstens, dass Dr. Morton sich über ihn lustig machte, dass er ihn verhöhnte.

»Mrs. Clandon ist mit Äther betäubt«, sagte Morton. »So haben wir das auch mit Ihnen gemacht. Beim ersten Mal. Heute dürfen Sie zuschauen, wie wir Ihr Blut austauschen.«

Store schüttelte sich. Er biss die Zähne aufeinander.

»Sehen Sie, Stone«, sagte Dr. Morton und stieß die Kanüle geschickt in eine Ader an Mrs. Clandons linkem Oberschenkel, »auf diesem Weg führen wir Mrs. Clandon und auch Ihnen unser Kunstblut zu. Es ist eine Emulsion aus mehrwertigen Alkoholen und Fluorkohlenstoffen und einer ganzen Reihe anderer Bestandteile. Falls Sie etwas davon verstehen: Ich arbeite mit hochgradig hitzebeständigen und chemisch trägen Substanzen.

Es ist nämlich so, dass als Transporteure für Sauerstoff – beziehungsweise Kohlendioxid auf dem Rückweg zur Lunge – vor allem halborganische Verbindungen in Betracht kommen, weil sie eine besondere Fähigkeit besitzen, gelöste Gase in großen Mengen zu absorbieren. Die Emulsionszusätze dienen dazu, die Fluorkohlenstoffpartikel so fein zu verteilen, dass sie auch noch die kleinsten Blutgefäße ungehindert durchströmen.« Er fügte hinzu: »Was Ihnen die Verfärbung aller durchbluteten Hautteile erklären wird.«

Dr. Morton nahm die zweite Kanüle zur Hand und stach sie in Mrs. Clandons Halsvene. Dann wandte er sich zu Grimsby.

»Sie können einschalten.«

»Jawohl, Sir.«

Mit atemloser Spannung sah Mr. Stone zu, wie Mrs. Clandon, die nach wie vor betäubt auf der Bahre lag, sich allmählich blau verfärbte. Es begann an den Fingerspitzen und Zehen. Bald waren Füße und Hände blau, bald Arme und Beine. Zum Schluss färbten sich Gesicht und Körper.

Es war unheimlich, aber es besaß auch ungeheure Faszination. Mr. Stones Blick hing gebannt an Mrs. Clandons Brüsten, die ihre rosige Farbe fast bis zum Schluss behalten hatten. Eine ganz eigenartige Färbung nahmen die Brustwarzen an. Sie schienen fast zu phosphoreszieren.

»Austausch beendet, Sir«, sagte Grimsby.

»Schalten Sie ab.«

Grimsby tat's. Stone sah zu, wie Dr. Morton die Kanülen aus Ader und Vene entfernte und die winzigen Wunden mit kleinen Spezialpflastern versorgte.

Er wandte sich an Stone und hatte wieder diesen Plauderton, der Stone fast um den Verstand brachte, weil er der Situation so ganz und gar nicht angemessen war: »Sie kommen doch wohl nicht auf die Idee, die Pflaster abzureißen, mein Bester? Ich würde Ihnen das nicht empfehlen.«

Grimsby kicherte.

»Es könnte sehr unangenehme Folgen für Sie haben. Mein Kunstblut hat leider noch einen kleinen Mangel – sieht man von der Blaufärbung der Haut ab. Ihm fehlt ein Gerinnungsmittel. Sehen Sie deshalb auch zu, dass Sie sich nicht verletzen. Schon eine kleine Wunde kann dazu führen, dass Sie regelrecht auslaufen.

Sie verstehen?

Sie laufen leer. Bis zum letzten Tropfen.

Die Gefahr ist vor allem in den ersten Tagen nach dem Austausch groß. Sobald Ihr Organismus wieder genügend eigenes Blut gebildet hat, schwindet sie.«

»Sie sind ein Satan«, murmelte Stone. Wenn er Morton anschaute und ihm zuhörte, fiel ihm nichts anderes ein.

»Sie wiederholen sich«, sagte Grimsby.

Er schob die Bahre mit der nackten Mrs. Clandon zur Seite.

»Ziehen Sie das Ding aus und legen Sie sich auf den Tisch, Stone!«

Stone blieb reglos stehen.

»Haben Sie nicht gehört, was ich gesagt habe?«

Stone reagierte nicht.

»Was soll ich machen, Sir?«, fragte Grimsby.

»Helfen Sie ihm.«

Mit einem einzigen Griff riss Grimsby Mr. Stone den Bademantel von den Schultern, sein einziges Kleidungsstück. Stone wollte sich wehren, aber plötzlich fühlte er sich unendlich schwach. Er wartete fast darauf, dass ihm die Knie einknickten, dass die Beine ihm den Dienst versagten, dass er hinfiel.

Grimsby packte ihn am Arm und führte ihn zum nächststehenden Labortisch.

»Legen Sie sich hin«, sagte er, diesmal ruhig, fast freundlich.

Stone kam der Aufforderung nach. Grimsby schnallte seine Beine und seine Arme fest.

»Warum?«, fragte Stone.

»Das muss sein, da wir Sie nicht betäuben. Sie könnten sich unvorsichtig bewegen und eine der Kanülen herausrutschen lassen.«

Glenn Morton hatte die Kanülen ausgewechselt. Grimsby kümmerte sich um Mrs. Clandons Blut, das einen bauchigen Ballon zur Hälfte füllte.

»Jetzt haben wir genug über meine Arbeit geplaudert«, sagte Morton zu Stone. »Sprechen wir von Ihnen.«

Stone biss die Zähne zusammen und verkrampfte alle Muskeln.

»So geht das nicht«, sagte Morton. »Ich werde Ihnen weh tun müssen. Sie müssen sich entspannen.«

Aber Stone entspannte sich nicht.

Dr. Morton stieß die Nadel trotzdem in die Ader. Stone schrie. Er bäumte sich auf, aber das nutzte ihm nichts.

»Erzählen Sie«, sagte Morton.

Stone schwieg.

Er schrie noch einmal, als Morton die zweite Kanüle in seine Halsvene schob. Der Arzt hantierte an den Geräten auf dem Tisch nebenan. Stone glaubte zu spüren, wie sein eigenes Blut den Körper allmählich verließ und von dem blauen Kunstprodukt ersetzt wurde.

»Mich interessiert«, sagte Dr. Morton, »wie Sie jetzt zu Ihren Verbrechen stehen.«

»Ich habe keine Verbrechen begangen«, erwiderte Stone.

Morton schüttelte den Kopf.

»Sie sind verstockt. Dadurch verbessern Sie Ihre Situation aber gar nicht. Mr. Stone. Sie ärgern mich. Und wenn Sie mich ärgern, wird Ihre Strafe grausamer ausfallen.«

Mr. Stone schwieg. Morton betrachtete ihn eine Weile. Stone wurde blauer und blauer.

»Sie haben nichts zu sagen? Auch gut. Dann will ich Ihnen noch einiges erzählen:

Zunächst werden wir dieses Experiment in regelmäßigen Abständen wiederholen. Vielleicht sterben Sie daran. Aber das halte ich für wenig wahrscheinlich.

Wissen Sie, ich muss mir darüber klarwerden, wie oft der menschliche Körper fähig ist, 100 Prozent des von ihm benötigten Blutes neu zu bilden.

Doch das ist nur ein Aspekt der Versuche, bei denen Sie mir behilflich sind. Die Fluorkohlenstoffe dieses Ersatzblutes werden im Körper nur sehr langsam abgebaut. Möglicherweise ergeben sich schädliche Langzeitwirkungen. Ob das so ist und in welchem Umfang sie auftreten – auch darüber sollen die Experimente mit Mrs. Clandon und mit Ihnen mir Aufschluss geben.«

Stone atmete schwer. Er starrte die Decke des Labors an.

»Es dauert noch eine Weile«, sagte Dr. Morton. »Und nun wollen wir uns endlich über Sie unterhalten.«

Stones Stimme war nur ein Murmeln:

»Möglich, dass ich Verbrechen begangen habe, auch wenn kein Gericht der Welt mich dafür zu belangen vermag. Aber Sie – Sie sind ein Teufel. Sie sind viel schlimmer als ich.«

»Sie wollen Ihre Verbrechen aufrechnen gegen das, was ich tue?«, fragte Morton amüsiert. »Das ist albern. Es kommt auf die Beweggründe an, Stone. Alles, was Sie getan haben, diente nur dazu, sich zu bereichern.«

»Und Sie? Sind Sie an Geld nicht interessiert?«

»Oh doch« sagte Morton. »Zwangsläufig. Ich brauche viel Geld für meine Untersuchungen, für meine Experimente. Ich brauche Geld, um den ganzen Apparat aufrechtzuerhalten. Sie würden staunen, wenn Grimsby Ihnen vorrechnete, was allein unsere Tarnung und alle anderen Schutzmaßnahmen an Aufwand erfordern. Es ist Ihnen ja klar, dass wir umfangreiche Vorsichtsmaßnahmen treffen müssen.«

»Trotzdem wird man Sie eines Tages erwischen.«

»Das liegt im Bereich des Möglichen«, gab Dr. Morton zu. Er lächelte.

Stone, der ihn beobachtete, sah ihm an, dass er die Möglichkeit für sehr gering hielt.

»Wenn mein Gedächtnis mich nicht im Stich lässt, Stone, gehen auf Ihr Konto unter anderem ein Selbstmord in Lincolnshire, einer in Liverpool, einer in Aberdeen und drei in London. Natürlich erhebt diese Aufzählung keinen Anspruch auf Vollständigkeit.«

»Das ist absurd!«

»Es ist die Wahrheit. Alles Leute, die Sie ruiniert haben.«

Stone lachte verächtlich auf:

»Ich war selbst fast ein halbes Dutzendmal bankrott. Hätte ich mich jedes Mal umbringen sollen?«

»Sie sind ein Hai«, sagte Morton ruhig, »Haie bringen sich nicht um. Haie finden immer wieder Opfer. Und Sie haben diese Opfer zuletzt zu Tausenden gefunden.«

Er wandte sich zu Grimsby um:

»Dieser Mensch langweilt mich. Bringen Sie ihn weg.«

»Sehr wohl, Sir«, sagte Grimsby.

Er versorgte Stone, half ihm vom Labortisch, reichte ihm seinen Bademantel und führte ihn hinaus.

Gedankenverloren betrachtete Morton die reglose Mrs. Clandon. Seine Fingerspitzen zogen behutsam die Linien ihrer nackten blauen Brüste nach.

*

Das Wetter hatte ganz plötzlich umgeschlagen. In London war der Nebel so dicht, dass man zu Fuß gehen musste, wenn man's eilig hatte.

Dr. Morton wollte unter diesen Umständen nicht mit dem Wagen fahren. Er benutzte den 9.22-Uhr-Zug von Waterloo Station und stieg in Exeter aus. Von dort fuhr er mit einem Taxi zu seinem Cottage in der Nähe von Ashburton.

Dass Dr. Glenn Morton dieses Cottage besaß, dass er regelmäßig für ein, zwei oder auch drei Tage dort hinfuhr, war eine der Tatsachen, die nicht zu den Geheimnissen zählten, an denen seine Existenz so reich war. Kollegen und Freunde hielten es für eine Marotte. Allerdings für eine liebenswerte.

Ein Raum des kleinen Landhauses beherbergte eine gut eingerichtete Praxis. Hier behandelte Dr. Morton die Leute aus der Umgebung. Die Armen. Landarbeiter. Bauern. Kleine Händler. Die, die zur staatlichen Gesundheitsfürsorge kein rechtes Vertrauen hatten, aber auch kein Geld besaßen um zu einem teuren Spezialisten nach London oder wenigstens in die nächste Stadt, zu fahren.

Oft begleitete Schwester Barrington Dr. Morton hierher und assistierte ihm bei den Eingriffen, die er in seiner Praxis vornahm.

Diesmal war sie bereits vorausgefahren und erwartete ihn.

»Ich habe Ihnen einen Tee gemacht, Doktor«, sagte sie.

»Wunderbar, Schwester Barrington. Sie sind der einzige Mensch, der stets und ständig errät, was ich am notwendigsten brauche.«

Sie strahlte ihn an. So mochte sie ihn. So entsprach er hundertprozentig dem Bild, das sie von Dr. Glenn Morton in sich trug, seit sie für ihn arbeitete. Dinge, die nicht in dieses Bild passten, verstand Schwester Barrington geschickt zu unterdrücken.

»Ich sollte das nicht sagen, Doktor: Aber eigentlich können Sie sich den Aufenthalt hier im Cottage in dieser Woche gar nicht leisten.«

»Nein? Haben wir unser Konto überzogen, Schwester?«

»So meine ich das nicht. Aber in der Praxis in London wird die Warteliste immer länger. Und in Brighton stehen einige Operationen an, die Sie meiner Meinung nach selbst vornehmen sollten.«

»Da wissen Sie mehr als ich, Schwester. Haben wir momentan so schwere Fälle in Brighton?«

»Schwer sind sie nicht – nur prominent.«

Er winkte ab.

»Früher habe ich das Spiel mitgespielt«, sagte er lachend. »Für jedes Parlamentsmitglied ein Kreuzchen, für jedes Oberhausmitglied zwei. Natürlich gab's für Herzöge und erst recht für Mitglieder der Königlichen Familie Sonderzuschläge. Extraprämien.«

»Sie sind frivol, Doktor!«

»Ganz und gar nicht. Dr. Williams und Dr. Forsyth operieren ebenso gut wie ich. Sie werden mit dem, was jetzt in Brighton anfällt, ganz gut alleine fertig.«

»Dr. Williams und Dr. Forsyth sind vorzügliche Ärzte«, sagte Schwester Barrington. »Aber mit Ihnen nicht zu vergleichen. Das wissen Sie auch ganz genau. Außerdem kommt es darauf nicht an. Unsere prominenten Patienten erwarten einfach, dass Sie sich ihrer annehmen. Schließlich legen sie sich aus keinem anderen Grund in die Privatklinik von Dr. Glenn Morton.«

»Schön, schön. In zwei Tagen fahren wir zurück nach Brighton, und was bis dahin noch nicht geschnitten ist, das übernehme ich selbst. Einverstanden, Schwester?«

»Sie tun ja doch, was Sie wollen«, murmelte sie, lächelte aber gleichzeitig und gab ihm so zu verstehen, dass sie seine Entscheidung akzeptierte.

»Wie sieht's denn hier aus, Schwester? Wen haben wir hier auf der Liste?«

Sie zählte verschiedene Namen auf. Bei einigen nickte Dr. Morton. Es handelte sich um Patienten, die er kannte. Andere waren neu. Er ließ sich kurz berichten, weshalb sie seinen Rat suchten.

»Wenn Sie meine Meinung hören wollen«, sagte Schwester Barrington, »ich finde, wir könnten auch hier ruhig die eine oder andere Liquidation schreiben. Sie wissen doch: Was nichts kostet, taugt auch nichts. Im Rahmen ihrer Möglichkeiten sollten wir Ihre Patienten hier draußen ruhig zur Kasse bitten.«

Morton winkte ab.

»Es lohnt den Aufwand nicht. Außerdem brauchen wir uns doch über Mangel an Patienten auch hier nicht zu beklagen. Stimmt's?«

»Das stimmt.«

»Sie sehen: Die Leute kommen sogar zu Dr. Glenn Morton, wenn er sie umsonst behandelt.«

Es war tatsächlich so. Das überfüllte Wartezimmer bewies es.

Morton hatte bis zum späten Nachmittag zu tun. Dann verließ der letzte Hilfesuchende das Cottage.

»Und jetzt?«, fragte er Schwester Barrington.

»Jetzt mache ich uns eine schöne Tasse Tee.«

»Und dann lade ich Sie zum Dinner ein. Es regnet doch nicht mehr, oder? Wir könnten den Wagen nehmen und nach Ashburton fahren. An der Straße nach Exeter gibt's ein sehr gutes Restaurant. Vor allem die Hammelkeule ist dort vorzüglich.«

»Sie laden mich zum Dinner ein?«, fragte Schwester Barrington und spürte, dass ihre Wangen sich verfärbten. »Aber wieso denn, Doktor? Ich bin gar nicht auf so etwas vorbereitet.«

»Dann tun Sie's jetzt«, brummte er. »Bereiten Sie sich vor. Sie werden doch ein hübsches Kleid im Schrank haben. Im Kittel nehme ich Sie jedenfalls nicht mit.«

Es geschah bei Gott nicht oft, dass irgendwas Schwester Barrington in Verwirrung brachte. Aber diesmal war's so.

Selbst als sie neben Dr. Morton im Wagen saß, einem kleinen Sunbeam der immer hier draußen beim Cottage bereitstand, hatte sie ihre Verwirrung noch nicht ganz überwunden.

Morton bemerkte das.

»Machen Sie sich keine Gedanken, Cynthia«, sagte er. »Ich habe nicht vor, Sie zu verführen.«

Schwester Barringtons Verwunderung wuchs. Sie konnte sich nicht erinnern, dass er sie jemals mit ihrem Vornamen angeredet hatte.

Nun, nach einem guten und ausgiebigen Dinner, zu dem Dr. Morton einen Wein ausgewählt hatte, der unverfälscht vom Kontinent herübergekommen war, hatte sie sich wieder soweit gefangen, dass sie der Fortsetzung des Abends mit der gewohnten Gelassenheit entgegensah.

»Wir vertragen noch eine Flasche, denke ich«, sagte Dr. Morton.

Nachdem er sie bestellt hatte, kam er endlich zu dem Thema, über das er mit Cynthia Barrington sprechen wollte. »Erzählen Sie mir etwas über mich«, forderte er sie auf.

Sie dachte, sie hätte falsch verstanden und fragte: »Über mich?«

»Nein«, sagte er. »Sie sollen mir erzählen, was Sie über mich denken und wissen – oder zu wissen glauben.«

»Das ist aber heikel, Doktor.« Cynthia errötete zum zweiten Mal an diesem Tag.

»Ach was, denken Sie einfach, Sie lesen mir einen Krankenbericht vor.«

Es kostete sie große Überwindung. Aber endlich gelang es ihr doch, das Bild, das sie von Dr. Glenn Morton hatte, in Worte zu fassen.

Morton hörte schweigend zu.

»Wäre ich nicht so abgebrüht«, sagte er hinterher, »dann hätte ich ständig schamrot werden müssen.«

»Wieso denn?«

»Eine solche Ballung von Komplimenten ist kaum auszuhalten.«

»Jetzt machen Sie sich über mich lustig!«

»Überhaupt nicht. Ich frage mich nur, wie eine kluge, vernünftige Frau wie Miss Cynthia Barrington ein so idealisiertes Bild von einem Mann haben kann. Noch dazu, wenn es sich um ihren Chef handelt.«

»Was haben Sie erwartet?«, fragte Schwester Barrington.

»Dass Sie auch meine negativen Seite sehen.«

Cynthia Barrington betrachtete ihn versonnen. Er wartete geduldig, bis sie sich zu einer Antwort aufraffte.

»Das Negative fällt nicht ins Gewicht. Kleinigkeiten. Winzige Fehler, wie jeder Mensch sie hat. Was mich viel mehr beschäftigt ist …«

»Ja?«, fragte Morton interessiert, als sie eine Pause einlegte.

»Das ist das Rätselhafte an Ihnen, Doktor Morton.«

Er hatte so etwas erwartet. Deshalb blieb er ganz gelassen.

»Sie scherzen, Cynthia. Heutzutage gibt es an einem Medizinmann nichts Rätselhaftes mehr. Wie sollte das auch zugehen in einem Zeitalter, da die Massenpresse Herzverpflanzungen so detailliert beschreibt, dass es jedem Laien wie eine Anleitung zum Selbermachen vorkommt.«

»Ich meine das ganz anders«, sagte Schwester Barrington,

Sie sahen sich an. Morton fühlte sich nicht sehr behaglich. *Es würde mir leid tun*, dachte er, *wenn sie mehr ahnte oder gar wüsste, als zulässig ist. Auf die Dienste Schwester Barringtons zu verzichten das würde erhebliches Durcheinander in meinen Arbeitsrhythmus bringen.*

Schwester Barrington spürte, dass es in diesem Fall nicht angebracht war, das Herz auf der Zunge zu tragen.

»Es muss wohl so sein«, sagte sie deshalb leichthin. »Jeder Mann hat seine Geheimnisse. Bei Ihnen, Doktor, kann man eigentlich ziemlich sicher sein, wofür Sie einen großen Teil Ihrer Zeit verwenden.«

»Nämlich?«

»Muss ich das wirklich sagen?«

»Ich bitte Sie darum.«

»Für Ihre Anziehungskraft auf Frauen …«

Eine Ausrede, dachte Dr. Morton. *Sie spürt meine Neugier, und sie spielt sehr geschickt. Aber nicht geschickt genug für Dr. Glenn Morton. Ich muss ein wachsames Auge auf sie haben. Ob ich Grimsby ins Vertrauen ziehe?*

Er beschloss, das nicht zu tun.

Cynthia Barrington, dachte er, *wird vermutlich zu mir halten. Selbst dann, wenn Sie sehr viel erfährt. Aber da ich nicht sicher bin, kann ich's nicht darauf ankommen lassen.*

Natürlich reizt mich das Spiel mit dem Feuer. Nur – ein Chirurg kann es sich nicht leisten, sich die Finger zu verbrennen. Schließlich sind sie seine wichtigsten Werkzeuge.

*

Miss Knowles bewohnte ein Apartment in der Coral Street, unweit der Waterloo Road. Sie war sehr stolz auf ihre kleine Wohnung. Jahrelang hatte sie sich jeden Penny vom Mund abgespart, um sie ganz nach ihren Wünschen und ihrem persönlichen Geschmack einzurichten.

Sie war glücklich, wieder hier zu sein.

Miss Knowles war eine moderne junge Frau ohne kleinliche Moralbegriffe. Deshalb machte es ihr gar nichts aus, bei dem schönen Wetter, das sogar in London wieder herrschte, nackt durch die Wohnung und auch hinaus auf den kleinen Balkon zu gehen.

Sie wusste, dass man sie hier beobachten konnte. Doch solange das nicht so auffällig geschah, dass sie Notiz davon nehmen musste, störte es sie nicht.

Die Kenntnis davon, dass es einen Mann gab, der sie durch ein Fernglas beobachtete, hätte sie sicher gestört. Und wäre ihr gar gesagt worden, dass es sich bei dem Beobachter um Mr. Grimsby, Dr. Mortons Mitarbeiter, handelte, dann hätte Miss Knowles sich zumindest sehr gewundert.

Es war Grimsby, der fast alles möglich machte, nicht schwergefallen, ein Zimmer in der Tanswell Street zu mieten, von dessen Fenster aus er Miss Knowles' Wohnung, die zwei Etagen tiefer lag, sehr genau beobachten konnte.

Grimsby hatte nicht mehr mit Dr. Morton gesprochen. Für ihn war das Problem Knowles schon so gut wie gelöst. Warum sollte er seinen Chef damit belästigen?

Es wurde Abend. Miss Knowles hatte sich längst vom Balkon zurückgezogen und war auch nicht mehr nackt. Außer ihrer Wäsche trug sie jetzt einen langen, seidenen Hausmantel. Grimsby beobachtete, dass sie das Feuer im Gaskamin entzündete.

Er war sehr zufrieden. Dass sie Feuer machte sowie die Tatsache, dass sie sich nicht zum Ausgehen angezogen hatte, ließ erwarten, dass Miss Knowles den Abend in ihrer Wohnung zu verbringen gedachte.

Solange das Tageslicht es erlaubte, ging Grimsby noch einmal den Weg durch, den er später in der Dunkelheit zu nehmen gedachte.

Für einen Mann von seinen Fähigkeiten und seiner Kondition war es nicht schwierig. Er brauchte nur die Feuerleiter, die direkt neben seinem Fenster vorbeiführte, bis zum Dach zu benutzen, sich links zu halten, zwei etwas niedriger liegende Dächer zu überqueren und befand sich dann schon über Miss Knowles' Wohnung.

Jetzt kam der schwierigste Teil, soweit er das von seinem Beobachtungsposten aus sehen konnte – und er hatte Zentimeter um Zentimeter genau mit dem Fernglas abgesucht -, reichte die Feuerleiter auf dieser Seite des Hauses nicht bis zum Dach. Ihm blieb nur das Regenrohr, um eine Strecke von etwa drei Metern zu überwinden. Dann kam er auf ein Vordach. Von dort führte die Feuerleiter hinunter bis zu Miss Knowles' Etage. Sein Weg ging dann über einen etwa 20 Zentimeter breiten Sims bis zu ihrem Balkon.

Er hätte auch durch das Küchenfenster direkt neben der Feuerleiter in Miss Knowles' Wohnung einsteigen können. Aber ein ausgiebiger Blick durchs Fernglas hatte ihm gezeigt, dass direkt hinter diesem Fenster ein Arbeitstisch stand und dass der mit Geschirr überladen war.

Grimsby schien's kaum möglich, dieses Hindernis ohne Lärm zu überwinden. Machte er aber Lärm, dann wurde Miss Knowles womöglich zu früh auf ihren Besucher aufmerksam, und es gelang ihr, Krach zuschlagen.

Drüben wurde das Licht in der Küche angeknipst. Grimsby sah durchs Fernglas. Miss Knowles bereitete sich ihr Abendessen. An ihren Mundbewegungen sah er, dass sie sang. Der Hausmantel war alles andere als züchtig geschlossen.

Mit einem starken Glas konnte Grimsby Miss Knowles' Brüste bewundern. Zwei Halbkugeln, die im Ausschnitt des Hausmantels wie in einem Schaufenster dargeboten wurden.

Grimsby dachte an Beachy Head und an ein Mädchen namens Nicky.

Eine gute Stunde später – inzwischen war es völlig dunkel geworden, und nicht einmal Mond oder Sterne gaben dem Hof zwischen den Häusern der Coral Street und denen der Tanswell Street ein wenig Licht – machte Grimsby sich auf den Weg.

Zunächst ging alles glatt. Er gelangte ohne Schwierigkeiten auf das Dach des Hauses, in dem er sich eingemietet hatte und turnte hinüber auf das Dach des Nachbargebäudes. Als er auf das erste der beiden niedrigeren Dächer hinabgesprungen war und sich eben aufrichtete, sah er eine Bewegung.

Grimsby erstarrte. Er konzentrierte seine Sinne auf das, was da vor ihm im Dunkel war. Seine Augen hatten sich mittlerweile so an die Finsternis gewöhnt, dass er die Umrisse eines Aufzugsturms erkannte.

Dort war die Bewegung gewesen.

Es gibt keinen Zweifel, dass man mich bemerkt hat, dachte er. *Ich muss klären, wer mich hier beobachtet, bevor ich meinen Weg fortsetze.*

Fast zehn Minuten musste Grimsby noch warten, bevor sich drüben beim Aufzugsturm etwas rührte. Dann hörte er ein unterdrücktes Kichern. Gleich darauf eine gedämpfte Männerstimme.

Er konnte nicht verstehen, was gesprochen wurde. Natürlich hatte er sich längst umgesehen und den günstigsten Weg erkannt. Unbemerkt kam er unmittelbar in die Nähe des Pärchens, das sich hinter dem Aufzugsturm versteckt hielt.

»Wo ist er jetzt?«, hörte er das Mädchen aufgeregt flüstern.

»Ich weiß es nicht. Er wird noch da drüben sein«, antwortete der Mann.

»Was will er hier?«

»Keine Ahnung.« Der Mann lachte leise. »Wahrscheinlich dasselbe wie wir. Er wird auf sein Mädchen warten.«

Lautlos schob Grimsby sich um die Ecke des Turms. Der Mann wandte ihm den Rücken. Er war höchstens zwei Meter entfernt und verdeckte das Mädchen fast völlig.

Grimsby sprang.

Es kam darauf an, keine Sekunde zu verschwenden.

Sein Schlag saß so exakt, dass der Mann lautlos zusammenbrach. Das Mädchen riss den Mund auf, um zu schreien. Aber da klammerten Grimsbys Hände sich bereits um ihren Hals und drückten zu.

Es hätte Grimsby nichts ausgemacht, sowohl das Mädchen als auch den Mann zu töten. Aber er liebte exakte Arbeit. Und in diesem Fall hatte er sich vorgenommen, die beiden nur so lange außer Gefecht zu setzen, bis er seinen Miss Knowles betreffenden Auftrag ausgeführt hatte.

Kurz bevor das Mädchen erstickte, lockerte er den Griff um ihren Hals. Sie holte tief Luft. Doch bevor sie schreien konnte hatte er sie auf die gleiche Weise ins Reich der Träume geschickt wie ihren Freund.

Er öffnete die Tür des Aufzugsturms. Der Schlüssel steckte innen, wie er erwartet hatte. Er zog ihn ab, verschloss die Tür von außen und warf den Schlüssel weg.

Selbst wenn einer von beiden zu früh zu sich kam, würde er eine ganze Weile brauchen, bevor es ihm gelang, hinunter ins Haus zu kommen und die Polizei zu alarmieren.

»Und bis dahin«, murmelte Grimsby, »bin ich längst über alle Berge.«

Er setzte seinen Weg fort.

Das Regenrohr, an dem er hinabklettern musste, erwies sich als leidlich stabil. Trotzdem grinste Grimsby leise – ein Zeichen für höchste Konzentration. Langsam ließ er sich hinabgleiten, Zentimeter um Zentimeter. Es dauerte eine kleine Ewigkeit, bis seine Füße Halt fanden.

Grimsby blieb minutenlang still stehen. So lange, bis sein Atem wieder normal ging. Er nutzte die Zeit, um die gegenüberliegenden Fenster zu beobachten.

Soweit er das feststellen konnte, gab's niemanden, der ihm zusah.

Jetzt kletterte er rasch über die Feuerleiter hinab bis zur Höhe von Miss Knowles' Wohnung. Ein Blick durch das Küchenfenster zeigte ihm, dass es tatsachlich nicht ratsam war, hier einzudringen.

Also benutzte er, wie er das ohnehin vorgehabt hatte, den Mauersims, um zu Miss Knowles' Balkon zu kommen. Schon von hier aus konnte er sehen, dass in ihrem Wohnzimmer nur spärliches Licht war. Es flackerte. Grimsby nahm an, dass sie außer dem Gaskamin einige Kerzen entzündet hatte. Als er den Balkon erreichte, sah er, dass seine Vermutung stimmte.

Miss Knowles lag auf ihrer Couch und las.

Sie wird sich noch die Augen verderben, dachte Grimsby, und lächelte sarkastisch. *Wie kann man bei dem Licht lesen?*

Seine Finger überzeugten sich davon, dass das lange schmale Messer, das mehr einem chirurgischen Instrument als einer Waffe ähnelte, am gewohnten Platz war. Ein leichter Druck zeigte ihm, dass Miss Knowles die Balkontür nicht richtig geschlossen hatte.

Es war fast zu leicht.

Er brauchte nur hineinzugehen und konnte die Wohnung eine Minute später durch die Korridortür verlassen. Dann würde es kein Problem Miss Knowles mehr geben.

Grimsby hatte den Türknauf bereits in der Hand, als die Klingel schrillte.

Erst war er nicht einmal sicher, dass es sich um Miss Knowles' Türklingel handelte, denn die junge Frau blieb ruhig auf der Couch liegen und las weiter.

Als das Klingeln sich wiederholte, legte sie das Buch weg und stand auf. Sie schlenderte zur Tür.

Das hat mir gefehlt!, dachte Grimsby. *Womöglich eine Nachbarin, und sie schwatzen stundenlang miteinander.*

Aber es war keine Nachbarin. Es war Miss Knowles' Freund. Und ganz offenbar war er nicht gekommen, um nur mal eben hereinzuschauen.

Die beiden küssten sich lange und intensiv Grimsby musste zusehen, wie der junge Mann das Mädchen befingerte.

Dank der spaltbreit geöffneten Balkontür bekam er fast jedes Wort ihrer Unterhaltung mit.

»Du hast mir sehr gefehlt«, sagte der junge Mann.

»Du mir auch, Alf«, versicherte Miss Knowles.

»Ich hätte dich gern öfter besucht, Sarah, aber mein Beruf …«

Sie seufzte: »Jetzt bin ich ja wieder hier. Jetzt sehen wir uns sehr oft, ja?«

»Selbstverständlich. Und – wenn's dir recht ist, bleibe ich über Nacht hier.«

»Du Schlimmer!«, hauchte Miss Knowles und spielte die Verlegene. »Du kannst aber auch immer nur daran denken.«

»Immer?«, fragte er grinsend. »Kannst du dir überhaupt verstellen, was ich für einen Überdruck habe, nachdem du wochenlang weg warst?«

»Willst du damit sagen, du warst mir die ganze Zeit treu?«

»Hundertprozentig!«, versicherte er.

»Ist ja penetrant«, murmelte Grimsby unhörbar. »Und bei sowas muss ich Zeuge sein.«

Fast eine Stunde lang sah er dem Liebesspiel zwischen Sarah und Alf zu. Sie führten ein Stück auf, das jeder pornographischen Geheimbühne Ehre gemacht hätte.

Dann hatte er die Nase voll.

Über die Feuerleiter stieg er hinab in den Hof. Die Tür war zwar abgeschlossen, aber Grimsbys Fingerfertigkeit leistete sie nicht lange Widerstand.

Ebenso wenig wie die Tür zur Straße.

Er ging so geschickt vor, dass niemand das unbefugte Öffnen der beiden Türen bemerken würde.

Das Zimmer in der Tanswell Street brauche ich nicht mehr, dachte Grimsby. *Morgen früh fährt sie also nach High Wycombe.*

»Na schön«, murmelte er. »Gönnen wir ihr diesen Ausflug.«

*

Am Vormittag des nächsten Tages servierte Schwester Barrington Dr. Morton den Tee, als sich zwischen der Behandlung zweier prominenter Patienten eine kleine Pause ergab.

»Haben Sie schon die Abendzeitungen gelesen, Doktor?«

»Flüchtig. Was Besonderes?«

»Ganz London spricht darüber«, sagte sie.

»Über was?«

»Über den Skandal, den Mr. Fox entfacht hat.«

»Mr. Fox? Sprechen Sie von dem Mattscheiben-Burschen?«

»Ja, von dem.«

»Eine Giftspritze«, murmelte Morton.

»Das stimmt, Doktor! Da haben Sie völlig recht.«

»Wen hat er sich denn diesmal vorgenommen?«

»Sir Cunningham!«

»Minister Cunningham?«

»Ja, den.«

Morton grinste.

»Und was hat Mr. Fox an Sir Cunningham zu tadeln gefunden?«

»Seinen Lebenswandel.«

»Sein Privatleben?«

»Er wirft dem Minister vor, dass er eine Freundin hat.«

»Ich fürchte, mit solchen Vorwürfen kommt Fox zehn Jahre zu spät«, sagte Morton. »Wer kümmert sich denn heute noch um so etwas? Wer regt sich darüber auf, ob ein Mann, der im öffentlichen Leben steht, eine Freundin hat – neben seiner Frau?«

»In diesem Fall ist es etwas anderes«, sagte Schwester Barrington. »Immerhin ist Sir Cunningham Familienminister, und kein Wochenende vergeht, ohne dass er flammende Reden für Ehe und Familie hält, über ihre Rolle als Urzelle der menschlichen Gemeinschaft und das Vorbild der Eltern für ihre Sprösslinge.«

»Das ist allerdings delikat«, sagte Morton. »Ist denn was dran an den Gerüchten?«

»Ich habe keine Ahnung, Doktor.«

»Tun Sie mir einen Gefallen, Schwester Barrington. Schneiden Sie mir alle Artikel aus, die sich mit dem Fall befassen, und legen Sie sie auf meinen Schreibtisch.«

»Gern«, sagte Cynthia verwundert.

»Aber was wollen Sie damit?«

»Lesen«, antwortete Morton lakonisch. »Was sonst, Schwester?«

Mittags – Dr. Morton nahm seinen Lunch in einem Nebenzimmer der Praxis ein – bemerkte Schwester Barrington, dass er die Berichte über den Fall Fox/Cunningham, die sie für ihn ausgeschnitten hatte, mit großem Interesse las und sich sogar einige Notizen dazu machte.

Kopfschüttelnd verließ sie das Zimmer. Das war wieder etwas, was sie nicht verstand. Warum interessierte Dr. Glenn Morton, erfolgreicher Chirurg, anerkannter Wissenschaftler und Mitglied der besten Gesellschaft, sich so sehr für eine Sache, die auf dem Niveau der Asphaltpresse lag?

Soviel sie wusste, kannte Morton weder Cunningham noch Fox persönlich.

»Vielleicht kennt er Cunninghams Freundin«, murmelte Schwester Barrington. »Das wäre immerhin eine Möglichkeit und eine Erklärung.«

Aber sie glaubte selbst nicht daran.

*

Grimsby ärgerte sich.

Und der Grund seines Ärgers war er selbst.

Ich vertrödle einen ganzen Tag, warf er sich vor. Statt gestern Abend stundenlang auf Miss Knowles' Balkon zu stehen, hätte ich eindringen und die Sache erledigen sollen. Idiotisch, mich durch das Auftauchen ihres Galans davon abhalten zu lassen!

Er fuhr den unauffälligen Austin A 60 und war auf dem Weg nach High Wycombe. Er beeilte sich absolut nicht, sondern blieb stur hinter dem Bus der Green Line, in den Miss Knowles an der Victoria Coach Station gestiegen war.

Sie hatten Beaconsfield bereits passiert. Grimsby passte jetzt besonders gut auf. Er rechnete damit, dass Miss Knowles den Bus an einer der nächsten Haltestellen verlassen würde. Doch sie fuhr durch High Wycombe hindurch und stieg erst dort aus, wo nur noch wenige Landhäuser die Ruhe der Natur störten.

Vorsichtshalber war er ein Stück zurückgeblieben. Das erwies sich als richtig. Denn Miss Knowles, als sie auf der Straße stand und der Bus davongefahren war, sah sich um, ihr Blick blieb sogar sekundenlang an dem alten Austin hängen.

Dann nahm sie ihr Köfferchen und ging davon.

Grimsby ließ ihr so viel Vorsprung, dass er sie gerade noch sehen konnte. Sie bog in eine der schmalen Zufahrtsstraßen ein, die zu den weitverstreuten Landhäusern führten. Grimsby hielt an der Ecke und sah ihr nach. Miss Knowles passierte ein Gartentürchen und verschwand aus seinem Blickfeld.

Grimsby nickte zufrieden.

In dieser Gegend wäre es unklug, tagsüber etwas zu unternehmen, dachte er, während er den Wagen wendete und zurück ins Zentrum von High Wycombe fuhr. *Es ist besser, ich warte, bis es dunkel ist.*

*

»Ich freue mich so sehr, dass du mich besuchst«, sagte Miss Knowles' Tante herzlich. »Magst du noch ein Glas Punsch?«

»Gern, Tante.«

»Der Alkohol schadet dir doch nicht?«

»Aber nein. Ich bin wieder ganz gesund.«

»Das ist schön, Ich habe mir Sorgen um dich gemacht. Mein Trost war, dass du dich in Dr. Mortons Klinik befandest. Dr. Morton ist ein so guter Arzt. Alle Welt spricht von ihm.«

»Ja, Dr. Morton ist ein großartiger Arzt«, sagte Miss Knowles nachdenklich.

»Und ein Mann, der den Frauen die Köpfe verdreht«, fügte ihre Tante hinzu und fixierte ihre Nichte.

»Ja, auch das stimmt«, sagte Miss Knowles lächelnd.

»Ich wette, er hat auch auf dich Eindruck gemacht.«

»Natürlich. Ich war lange genug in seiner Klinik.«

»Hast du ihn oft gesehen?«

»Oft? Nein, das kann man nicht sagen. Aber jedes Mal, wenn ich ihn gesehen habe …«

Ihre Tante lachte.

»Ich kann mir das sehr gut vorstellen, mein Kind. Als ich in deinem Alter war …«

Miss Knowles stimmte in das Lachen ein.

»Jetzt, da der Klinikaufenthalt hinter mir liegt, bedaure ich's fast.«

»Dass du ihn nicht mehr siehst?«

»Ja.«

In diesem Augenblick trat Grimsby ins Zimmer. Die beiden Frauen schreckten hoch.

»Wer sind Sie? Was wollen Sie? Wie kommen Sie hier herein?«, fragte Miss Knowles' Tante aufgeregt und ängstlich.

»Das ist Mr. Grimsby«, sagte Miss Knowles verwundert. »Mr. Grimsby, was machen Sie, denn hier?«

»Ich bin, gekommen, um nach Ihnen zu sehen, Miss Knowles.«

Er lächelte sie freundlich an. Sein Blick wanderte von ihr zu der Tante.

»Mr. Grimsby. Ich kenne ihn aus Dr. Mortons Klinik. Er ist sein Chauffeur.«

»Oh, das ist etwas anderes. Wollen Sie sich nicht setzen, Mr. Grimsby? Ein Glas Punsch? Ich habe ihn selbst gemacht, zur Feier des Tages – weil ich mich so freue, dass meine Nichte mich besucht. Gerade haben wir von Dr. Morton gesprochen, genau in dem Augenblick, als Sie hereinkamen!«

»Danke, nein, Mylady«, sagte Grimsby höflich. »Ich bin nicht gekommen, um Punsch zu trinken.«

»Oh, das kann ich mir denken. Sicher hat Dr. Morton Sie geschickt. Du wirst etwas vergessen haben, mein Kind.«

Miss Knowles sah Grimsby fragend an. Sie wusste nicht, weshalb ihr Herz bis zum Hals klopfte.

»Hat Dr. Morton Sie geschickt, Mr. Grimsby?«

»Man könnte das sagen, ja.«

»Ich habe etwas vergessen?«, fragte Miss Knowles. »In der Klinik?«

Grimsby starrte sie an, ohne zu antworten.

»Oh, es wäre wirklich nicht nötig gewesen, dass Sie deshalb extra herkommen!«

Woher weiß er, dass ich hier bin?, fragte sie sich. *Ich habe mit Dr. Morton über High Wycombe gesprochen, das stimmt. Ich habe ihm gesagt, dass ich vielleicht zu meiner Tante fahre. Aber woher wusste er den Namen und die Adresse? Und wie ist Grimsby ins Haus gekommen?*

»Ich bin hier, weil Sie möglicherweise etwas nicht vergessen haben, Miss Knowles«, sagte Grimsby leise und höflich. »Ich bin gekommen, um das in Ordnung zu bringen.«

Er fixierte die beiden Frauen abwechselnd.

»Eigentlich wollte ich's schont gestern Abend tun, Miss Knowles. Aber da hatten Sie Besuch.«

Sarah Knowles wurde blass.

»Gestern Abend«, wiederholte sie. »Etwas in Ordnung bringen, das ich nicht vergessen habe? Ich verstehe nicht, Mr. Grimsby!«

Langsam zog er das schmale lange Messer aus der Tasche, das eher einem chirurgischen Instrument als einer Waffe glich. Er näherte sich den Frauen. Die Tante begriff immer noch nicht. Aber Miss Knowles riss den Mund auf und schrie.

Sie stieß einen hohen, gellenden Schrei aus, der erst schwächer wurde und ganz allmählich erstarb, nachdem Grimsby die lange, scharfe Klinge bis zum Heft; zwischen zwei Rippen hindurch genau in ihr Herz gestoßen und wieder herausgezogen hatte.

»Mr. Grimsby!«, sagte Sarahs Tante, von atemlosem Entsetzen gepackt. »Aber Mr. Grimsby, das dürfen Sie doch nicht tun!«

Der milde Protest war das letzte, was sie in diesem Leben von sich gab.

*

Über die Gegensprechanlage meldete sich Schwester Barrington: »Hier ist ein Besucher für Sie, Dr. Morton. Er wartet schon eine ganze Weile. Ich habe ihm gesagt, dass Sie sehr beschäftigt sind. Aber Sie werden ihn empfangen müssen.«

»Wer ist es?«

»Chefinspektor Spratt von Scotland Yard.«

»Ach, und was macht der hier in Brighton?«

»Ich glaube, es handelt sich um Mrs. Clandon, Doktor Morton.«

»Ah ja, ich verstehe. Bitten Sie ihn zu mir herein.«

»Spratt vom Yard«, sagte der Chefinspektor, grinste jovial und drückte Dr. Morton die Hand.

Er war ein großer, massiger Mann mit rotblondem, kurzgeschorenem Haar und vielen Sommersprossen, die auf seinen Hängebacken üppig Platz hatten.

»Tut mir leid, Dr. Morton, dass ich Ihre kostbare Zeit in Anspruch nehmen muss. Ich vermute, Sie werden sich denken, weshalb ich hier bin.«

»Allerdings. Setzen Sie sich, Chefinspektor. Es geht sicher um diese unselige Mrs. Clandon.«

»Richtig. Nachdem die Polizeibehörde hier nicht weiterkommt, hat man den Yard eingeschaltet. Und an wem bleibt es hängen? An Spratt.«

»Machen Sie sich nichts draus. Zigarre? Zigarette?«

»Danke.«

»Sherry?«

»Sie wissen doch, dass wir im Dienst nicht trinken dürfen. Ein kleines Glas, bitte«, bat Spratt grinsend.

»Diese Mrs. Clandon«, sagte Dr. Morton, während er eingoss. »Wenn ich an sie denke – und das geschieht ziemlich oft – fühle ich mich nicht ganz wohl.«

»Wie darf ich das verstehen, Doktor?«

»Ich habe eine Art Schuldgefühl, Chefinspektor. Sie war meine Patientin. Und nach dem, was ihrem Verschwinden vorangegangen war, hätte ich damit rechnen müssen, dass sie Dummheiten macht.«

»Sie sprechen von der Geschichte mit dem nackten blauen Mann?« Spratt lachte.

Nach kurzem Zögern stimmte Dr. Morton in das Lachen ein.

»Ja, genau das meine ich. Es klingt natürlich lächerlich, aber es ist ein ernstes Zeichen gewesen. Ich habe ihm nicht die nötige Beachtung geschenkt. Das ist eigentlich unverzeihlich.«

»Machen Sie sich keine Vorwürfe, Doktor«, sagte Spratt. »Unfehlbar ist keiner von uns. Freut mich, dass auch Sie Ihre Schwächen haben.«

»Das freut Sie?«, fragte Morton amüsiert.

»Sie scheinen nicht zu wissen, welchen Ruf Sie haben, Doktor. Wenn man den Leuten glaubt, sind Sie ein Gott. Unfehlbar und genial.«

Abwehrend hob Morton beide Hände. Dann sagte er: »Nehmen wir einen Schluck, Chefinspektor. Und dann reden wir in Ruhe über die Sache.«

Spratt ließ sich noch einmal berichten, was er bereits aus den Akten der örtlichen Polizei wusste. Danach war Mrs. Clandon in Nachthemd und Hausschuhen durch eine Seitentür aus der Privatklinik entwichen. Fast ein Dutzend Zeugen hatten sich gemeldet. Sie alle hatten Mrs. Clandon davonlaufen sehen.

Zwei Straßen von der Klinik entfernt war sie dann plötzlich wie vom Erdboden verschwunden.

»Das ist es, was ich nicht verstehe«, sagte Spratt. »Innerhalb von vier, fünf Minuten sehen mindestens zehn Leute die Frau im Nachthemd durch die Straßen laufen. Und dann sieht sie niemand mehr. Wo ist sie geblieben?«

»Wenn ich das wüsste, wäre mir wohler«, sagte Dr. Morton.

»Mir auch.«

»Haben Sie wenigstens eine Theorie, Chefinspektor?«

»Eine ziemlich vage.«

»Darf ich sie hören?«

»Gern, Doktor. Ganz in der Nähe von dem Ort, an dem man Mrs. Clandon zuletzt gesehen hat, fließt ein Bach. Er ist fast völlig verrohrt. Nur an der kleinen Durchfahrt, an der er vorbeifließt, ist er einige Yards offen.«

»Sie glauben, Mrs. Clandon könnte …«

»Ja, ich denke, Mrs. Clandon ist dort hineingestürzt. Der Bach mündet ins Meer.«

Dr. Morton schwieg und schien über diese Theorie nachzudenken.

»Müsste man dann nicht ihre Leiche finden?«, fragte er schließlich.

»Ich habe mit einigen Leuten gesprochen, die die Strömungsverhältnisse hier vor Brighton gut kennen. Sie sind alle der gleichen Ansicht. Sie haben mir sogar den Punkt genannt, an dem Mrs. Clandons Leiche angetrieben werden müsste.«

»Aber das ist nicht der Fall«, sagte Morton. »Man hat ihre Leiche nicht gefunden.«

»Nein, das ist nicht der Fall.«

»Was schließen Sie daraus, Chefinspektor?«

Spratt hob die massigen Schultern und ließ sie wieder fallen.

»Keine Regel ohne Ausnahme. Vielleicht ist die Leiche weiter als üblich ins Meer hinausgetrieben worden. Vielleicht hat sie sich irgendwo verhakt. Weiß ich's? Möglich, dass sie heute oder morgen auftaucht. Möglich, dass wir nie etwas von ihr zu sehen bekommen. Von der armen Mrs. Clandon. Von dieser armen Verrückten.«

»Verrückt würde ich sie nicht nennen«, sagte Dr. Morton. »Soweit würde ich nicht gehen.«

»Na, die Sache mit dem nackten blauen Mann!«

»Ja, ja. Zweifellos hatte sie Halluzinationen. Aber wer hat die nicht? Haben Sie noch nie Dinge gesehen, die nicht da sind, Chefinspektor?«

Spratt grinste breit.

»Keine nackten blauen Männer, Dr. Morton, wenn Sie das meinen. Und auch nichts, was damit zu vergleichen wäre.«

Er nahm eine Zigarre aus dem Kistchen auf dem Tisch, schnitt sie umständlich zu und zündete sie noch umständlicher an. Morton sah ihm interessiert zu. Er überlegte, was dieser Spratt für ein Mensch sein mochte. Ein Chefinspektor vom Yard war kein Dummkopf. Und je mehr dieser Spratt den freundlichen jovialen Gemütsmenschen herauskehrte, desto vorsichtiger wurde Dr. Morton.

»Sie haben's sicher auch nicht leicht, Doktor«, sagte Spratt. »Aber was in letzter Zeit im Yard los ist, das spottet jeder Beschreibung.«

»Ach, tatsächlich? Ich verfolge natürlich die Presseberichte. Man kommt ja daran nicht vorbei. Ebenso wenig wie an den Nachrichten in Hör- und Fernsehfunk. Allerdings hatte ich nicht den Eindruck, dass die Zahl der Verbrechen in letzter Zeit sprunghaft gestiegen ist.«

»So pauschal kann man das auch nicht sagen«, erwiderte Spratt. »Aber gerade in meiner Abteilung haben wir in letzter Zeit ein paar Fälle auf den Tisch bekommen, die verdammt rätselhaft sind.«

»Sie haben einen sehr interessanten Beruf. Er fasziniert mich. Ist es indiskret, wenn ich Sie bitte, mir das eine oder andere über Ihre Fälle zu erzählen? Selbstverständlich nur, wenn Sie dadurch Ihre Dienstpflichten nicht verletzen.«

»Das meiste von dem, was ich Ihnen erzählen kann, Doktor, lesen Sie ohnehin in den Zeitungen oder hören es in den Nachrichten. Was mir außer Mrs. Clandon im Augenblick Sorgen bereitet, ist das Verschwinden eines Mannes aus London.«

Dr. Morton zeigte höfliches Interesse.

»Ein Mr. Stone«, sagte der Chefinspektor. »Haben Sie den Namen schon einmal gehört?«

»Stone.« Morton lachte. »Natürlich. Stone ist kein seltener Name. Ich glaube, ich habe unter meinen Patienten mindestens zwei oder drei, die so heißen.«

Spratt seufzte.

»Der Stone, den ich meine, ist ein sehr bekannter Mann. In London und in ganz England. Vor zwei bis drei Jahren waren die Zeitungen voll von Berichten über ihn.«

»Er ist eine Berühmtheit?«, erkundigte Morton sich.

»Sagen wir mal so: Er ist eher berüchtigt als berühmt. Stone hat auf Kosten kleiner Leute ein Vermögen zusammengerafft. Man wollte ihn vor Gericht stellen, aber daraus ist nichts geworden.«

»Ich erinnere mich«, sagte Dr. Morton nachdenklich.

»Wie das so geht! Diese Burschen finden immer einen Dreh und ein Hintertürchen. Sie haben die gerissensten Anwälte.«

»Und nun macht dieser Stone wieder von sich reden?«

»Er ist verschwunden.«

»Richtig, das sagten Sie ja.«

»Am helllichten Tag. Auf dem Weg von seinem Büro zu seiner Wohnung in Belgravia. Einfach verschwunden. Ohne eine Spur zu hinterlassen.«

»Das gibt es doch nicht«, sagte Morton.

»Nein? Denken Sie an Ihre Mrs. Clandon.«

Morton gab sich überrascht.

»Sie haben recht, Chefinspektor. Wenn man das so' betrachtet ...«

Spratt wuchtete seine massige Gestalt aus dem Sessel. Er seufzte.

»Und solche Fälle bleiben ausgerechnet an mir hängen.«

»Sie werden Sie lösen«, sagte Dr. Morton verbindlich. »Da bin ich ganz sicher.«

»Sind Sie, Doktor? Ich leider nicht. Tut mir leid, dass ich Ihren Optimismus in dieser Beziehung nicht teilen kann.« Erneutes Seufzen. »Und jetzt bin ich auf dem Weg hinüber nach Eastbourne.«

»Auch in dienstlicher Eigenschaft?«, erkundigte Dr. Morton sich höflich.

»Allerdings. Eine traurige Geschichte. Ein junges Mädchen.«

»Verschwunden, nehme ich an«, sagte Dr. Morton.

»Diesmal nicht. Jemand hat sie von den Kreidefelsen gestoßen. Von Beachy Head hinunter ins Meer.«

»Wie schrecklich«, sagte Dr. Morton. »Gestoßen, sagten Sie?«

»Ja. Den Körper hätten Sie sehen müssen. Völlig zerschmettert.«

»Vielleicht ein Unfall«, schlug Dr. Morton vor. »Ich kenne die Kreidefelsen von Beachy Head. Ich war selbst schon mal dort. Unvorsichtigerweise hin ich so nahe an den Rand gekommen, dass ich fast abgestürzt wäre. Ich verstehe nicht, dass man kein Geländer anbringt. Wenn man nicht schwindelfrei ist, kann dort sehr leicht etwas passieren.«

»Ein Unglücksfall?«, fragte der Chefinspektor nachdenklich. »Ich weiß es nicht.« Er schien zu resignieren. »Jedenfalls eine komische Art von Unglücksfall.«

»Wie meinen Sie das?«

»Na, die Tote hatte sich nackt ausgezogen und dabei ihre Unterwäsche zerrissen. Bevor sie dann hinunterfiel, hat sie aus den Kleider- und Wäschestücken ein sauberes Bündel gemacht. Und das ist ebenfalls hinuntergefallen.«

Die Ironie in seiner Stimme war nicht zu überhören, aber offensichtlich galt sie weniger Dr. Morton und seiner Vermutung, als seiner eigenen Machtlosigkeit Licht in die Fälle zu bringen, die ihn gegenwärtig beschäftigten.

»Ich bringe Sie hinaus, Chefinspektor«, sagte Dr. Morton zuvorkommend.

»Bemühen Sie sich nicht.«

»Doch, doch. Ich nutze die Gelegenheit gern, an die frische Luft zu kommen.«

Unterwegs, in einem der langen Gänge, bemerkte der Chefinspektor: »Eine saubere kleine Klinik haben Sie hier, Doktor.«

»Danke.«

»Erlauben Sie eine indiskrete Frage?«

»Bitte?«

»Wirft sie was ab?«

Morton lachte: »Ich könnte nicht davon leben, um ehrlich zu sein. Aber ich habe noch meine Praxis in London.«

»Und die ist, nach allem, was man hört, eine Goldgrube«, sagte Spratt ungeniert.

»Ich beklage mich nicht«, gab Dr. Morton lachend zu.

»Wissen Sie, was ein Chefinspektor beim Yard verdient?«

»Keine Ahnung.«

Sie hatten das Gebäude verlassen. Rechts von der Auffahrt stand Dr. Mortons schwarzer Rolls Royce. Spratt deutete mit dem Kinn hinüber.

»Mit dem Gehalt eines Chefinspektors, Doktor, könnten Sie nicht mal den Unterhalt für den da bezahlen.«

Dr. Morton nahm das mit einem höflichen Nicken zur Kenntnis. Er begleitete den Chefinspektor noch bis zu dessen Wagen.

»Immerhin stellt man Ihnen einen Chauffeur«, sagte er lächelnd. »Und den brauchen Sie – im Gegensatz zu mir – nicht selbst zu bezahlen.«

»Ja«, brummte der Chefinspektor. »Wissen Sie auch, was ich privat fahre?«

»Nein. Was denn?«

»Underground.«

Glenn Morton sah dem Chefinspektor nach, als dessen Wagen sich über die frischgekieste Auffahrt entfernte.

Warum hat er mir so viel erzählt?, fragte er sich. *Warum hat er ausgerechnet mir von Stone und von dem Mädchen aus Eastbourne erzählt?*

Es war eine interessante Frage, fand Dr. Morton. Und es lohnte sich, darüber nachzudenken.

*

»Ich will Dr. Morton sprechen!«, sagte Mr. Stone.

»Ach ja? Das wird ihn freuen.« Grimsby ließ sich nicht bei seiner Beschäftigung unterbrechen.

»Ich muss ihn sofort sprechen, Mr. Grimsby!« Aus Stones Stimme wich alle Arroganz. Er verlegte sich aufs Flehen: »Es ist sehr wichtig, verstehen Sie? Auch für Dr. Morton!«

»Sie sehen ihn ja morgen«, sagte Grimsby gleichmütig. »Morgen werden wir Ihr Blut wieder austauschen.«

Stone saß auf der Bettkante und begann zu zittern. Er hatte Angst. Vor dem Tod, aber fast ebenso vor den Experimenten, die Dr. Morton mit Grimsbys Assistenz an ihm vornahm.

»Lieber Mr. Grimsby, ich möchte Dr. Morton heute noch sprechen!«

Grimsby reagierte nicht.

»Sie können mir glauben, dass es wichtig ist! Ich bin sicher, Dr. Morton hätte kein Verständnis dafür, wenn er erfährt, dass Sie ihn nicht von meinem Wunsch unterrichtet haben.«

»Weil's so wichtig ist, he?«

»Ja.«

»Für Dr. Morton und für Sie.«

»Ja, ja.«

»Wichtig für Sie, Stone?«, fragte Grimsby höhnisch. »Es gibt überhaupt nichts mehr, was für Sie wichtig wäre. Sie haben keine Zukunft, kapiert? Sie sind erledigt. Das einzige, worüber Sie sich noch Gedanken machen können, ist der Zeitpunkt Ihres Todes.«

»Sie hassen mich«, murmelte Stone und starrte Grimsby an wie ein gefährliches, unberechenbares Tier.

»Bilden Sie sich nur nichts ein«, sagte Grimsby. »Das wäre zu viel Aufwand, Sie zu hassen.«

Natürlich unterrichtete er seinen Chef von Stones Wunsch, ihn zu sprechen.

»Er ist krank vor Angst, Sir. Was mich nicht wundert. Möglich, dass er durchdreht und sich was antut. Vielleicht schauen Sie ihn sich an.«

»Das werde ich tun«, sagte Morton. Er lächelte: »Ich bin immer für meine Patienten da.«

Stone erhob sich von seinem Bett, als Dr. Morton sein Zimmer betrat.

»Machen Sie's kurz, Stone«, sagte er kühl. »Was wollen Sie von mir?«

»Ich habe lange darüber nachgedacht, Dr. Morton. Ich habe hin und her überlegt. Ich weiß jetzt, dass ich Ihnen ausgeliefert bin und keine Chance habe, zu entkommen.«

»Um mir das zu sagen …«

»Nein, nein! Ich habe Ihnen auch einen Vorschlag zu machen.«

»Mir? Einen Vorschlag? Nachdem Sie selbst eingesehen haben, wie machtlos Sie sind?«

»Bitte, hören Sie mich an, Dr. Morton! Ich vertraue auf Ihre – Menschlichkeit. Auf Ihr …«

»Sparen Sie sich das«, sagte Morton knapp. »Also?«

Mr. Stone setzte sich wieder auf sein Bett. Er faltete die Hände zwischen den Knien und sah zu Boden. Konzentrierte sich und begann, Dr. Morton vorzutragen, worüber er lange nachgedacht hatte:

»Der größte Teil meines Vermögens ist in der Schweiz, Dr. Morton. In einem Safe bei der Zentralen Kreditbank in Zürich.«

»In einem Safe? Nicht auf einem Nummernkonto?«

»Ein Safe erschien mir aus verschiedenen Gründen sicherer. Außerdem handelt es sich nur zum Teil um Geld, zum anderen um Gold und Diamanten.«

»Nun, und?«

»Die Nummer des Safes ist 7542.«

»Warum erzählen Sie mir das?«

»Ich biete Ihnen einen Tausch an. Meinen Besitz gegen mein Leben.«

»Sie sind verrückt. Wie könnte ich Sie freilassen?«, fragte Morton amüsiert. »Sie würden zum nächsten Polizeiposten laufen und mich anzeigen.«

Stone schüttelte den Kopf. Er hatte an alles gedacht:

»Natürlich können Sie mich nicht hier in England freilassen, Dr. Morton. Aber vielleicht in Australien. Oder in Südamerika. Meinetwegen sogar am Nordpol. Ich verspreche Ihnen, dass ich nicht nach England zurückkommen werde. Dass ich nie versuche, etwas gegen Sie zu unternehmen!«

»Das versprechen Sie. So, so.« Morton lächelte und schüttelte den Kopf.

»Außerdem – Sie sind doch Arzt – wird es Ihnen nicht schwerfallen, sich zu sichern.«

»Wie denn?«

»Sie könnten etwas mit mir anstellen, damit ich mein Gedächtnis verliere«, schlug Stone in seiner Verzweiflung vor. »Sie könnten mein Äußeres durch Operationen so verändern, dass mir niemand glaubt, dass ich Samuel Stone bin.«

Dr. Morton schüttelte immer noch den Kopf. Natürlich wunderte ihn Stones Angebot nicht. Er hatte damit gerechnet, dass der früher oder später an einen Punkt gelangen würde, an dem er nach jedem Strohhalm griff, nach jedem Hoffnungsschimmer, auch wenn er noch so vage war.

»Ich gebe mich in Ihre Hand, Dr. Morton!«, sagte Stone beschwörend.

»Sie sind in meiner Hand«, korrigierte Morton.

»Aber Sie sollen sehen, dass ich Ihnen vertraue: Der Schlüssel und die Ausweiskarte für den Safe in Zürich liegen im Tresor meines Hauses in London.«

»Belgravia?«

»Ja. Eaton Place. Die Kombination ist BX 327.«

»Sie sind sehr vertrauensselig, Stone«, sagte Morton, während er aufstand.

»Lassen Sie den Schlüssel und den Ausweis holen«, beschwor Stone ihn. »Schicken Sie Grimsby hin, für den ist das sicher eine Kleinigkeit! Sie werden sehen, dass ich ehrlich bin! Alles ist so, wie ich's Ihnen erzählt habe!«

»Wie hoch ist denn der Wert der Beute?«, fragte Morton.

»Der Wert der Beute? Ach so: Rund zwei Millionen.«

»Zwei Millionen Pfund?«, fragte Dr. Morton, während er die Augenbrauen hochzog und Stone nicht ohne Verwunderung anstarrte.

»Zwei Millionen Pfund«, bestätigte Stone.

»Eine Menge Geld für Ihr elendes Leben.«

Als Morton sein Zimmer verlassen hatte, atmete Stone tief durch. Er sah seine Hoffnung wachsen. Zwar hatte Dr. Morton noch nicht versprochen, ihn freizulassen, aber das Angebot interessierte ihn.

Stone wollte an diese Hoffnung glauben. Er brauchte sie …

*

»Nein. Dr. Morton ist leider nicht da, Chefinspektor«, sagte Schwester Barrington freundlich. »Kann ich Ihnen helfen?«

Spratt ließ sich umständlich auf einem Stuhl vor Schwester Barringtons Schreibtisch nieder.

»Nicht da?«

»Nein, ich sagte es schon.«

»Dumm«, brummte Spratt. »Aber meine eigene Schuld. Ich hätte vorher anrufen sollen. Wo ist er denn Ihr Chef?«

»In London.«

»In seiner Praxis?«

»Ob er augenblicklich dort ist, kann ich Ihnen nicht sagen. Jedenfalls hat er heute mehrere Patienten.«

»Sie können sich ja denken, weshalb ich hier bin, Schwester.«

»Wegen Mrs. Clandon.«

»Richtig. Vielleicht können Sie mir ein paar Fragen beantworten?«

»Das glaube ich kaum. Ich war damals nicht hier in Brighton.«

»Sondern?«

»In Dr. Mortons Londoner Praxis.«

»Ich verstehe«, murmelte Spratt. »Vielleicht kann ich dann diesen – wie heißt er doch? – sprechen, der damals dazukam, als die arme Mrs. Clandon glaubte, einen nackten blauen Mann zu sehen.«

»Mr. Grimsby? Der ist auch nicht da.«

»Schade. – Wo ist er denn?«

»In London. Mit Dr. Morton.«

»So, ja – Welche Funktion hat Mr. Grimsby eigentlich? Ich meine: Was tut er für Dr. Morton?«

Schwester Barrington sah Chefinspektor Spratt sekundenlang prüfend an. Sie fand, dass die Stimme des Polizisten zu beiläufig klang.

»Mr. Grimsby ist Dr. Mortons Chauffeur und Pilot.« Sie lachte. »Außerdem so eine Art Mädchen für alles. Man könnte ihn vielleicht auch als Kammerdiener bezeichnen – obwohl er sich dagegen sicher verwahren würde.«

Chefinspektor Spratt stimmte in ihr Lachen ein. Es ließ seinen massigen Körper zittern.

Als sie sich beruhigt hatten, fragte er: »Sie sagten, Grimsby sei auch Dr. Mortons Pilot?«

»Richtig.«

»Dr. Morton hat ein Flugzeug?«

»Eine Sportmaschine. Und einen Hubschrauber.«

»Einen Hubschrauber. Wozu braucht Dr. Morton einen Hubschrauber?«, fragte Spratt verwundert.

»Oh, der ist sehr nützlich, wenn Dr. Morton rasch von hier nach London oder umgekehrt von London nach Brighton muss. Er benutzt ihn auch zu Noteinsätzen. Der Hubschrauber hat schon manchem Menschen das Leben gerettet.«

»Ein teures Arbeitsgerät, nicht wahr?«

»Das nehme ich an«, sagte Schwester Barrington. »Ehrlich gesagt, ich habe mir nie Gedanken darüber gemacht. Ich habe auch keine Ahnung, was so ein Hubschrauber kostet.«

»Na lassen wir das«, sagte Spratt. »Was mich interessiert, ist Mrs. Clandon. Sie haben doch sicher gehört, wie sich das damals zugetragen hat. Können Sie mir's noch erzählen?«

»Ja, das war so«, sagte Schwester Barrington, während sie sich fragte, weshalb Spratt etwas von ihr hören wollte, was sie selbst nur vom Hörensagen wusste. »Mrs. Clandon lief plötzlich schreiend über den Flur und behauptete, einen nackten blauen Mann gesehen zu haben. Mr. Grimsby hat sie aufgehalten und beruhigt.«

»Wie?«, fragte Spratt knapp.

»Das kann ich Ihnen nicht sagen.«

»Und außer Mr. Grimsby ist niemand dazugekommen, als Mrs. Clandon schreiend durch die Gänge lief?«

»Eine Patientin.«

»Miss Knowles, nicht wahr?«

»Ja, so hieß sie. Aber sie ist nicht mehr hier.«

»Ich weiß«, sagte Spratt. »Sie war zuletzt in High Wycombe. Dort hat man sie gefunden. Zusammen mit ihrer Tante.«

Schwester Barrington sah ihn aus großen Augen an.

»Was heißt das, Chefinspektor? Gefunden?«

»Tot«, sagte Spratt. »Alle beide.«

»Das ist entsetzlich. Woran sind sie gestorben?«

»An einem Messer. An einem, schmalen, langen und sehr scharfen Messer.«

»Aber – wer hatte Grund, Miss Knowles umzubringen?«

»Wer hatte Grund, ihre Tante umzubringen?«

Spratt fixierte Cynthia Barrington. Auf dem Grund ihrer Augen glaubte er Angst zu erkennen.

Sie schwiegen ziemlich lange. Schließlich erhob Spratt sich ächzend von seinem Stuhl und wandte sich zur Tür.

»Von Ihnen kann ich wohl nichts Neues erfahren, Schwester.«

»Ich fürchte, nein, Chefinspektor.«

»Ach, da fällt mir noch etwas ein: Weshalb hat man Mrs. Clandon, nachdem sie diesen blauen Mann gesehen haben wollte, in ein anderes Zimmer gelegt?«

»Hat man das getan?«

»Allerdings. Sie wissen nichts davon?«

Schwester Barrington schüttelte stumm den Kopf.

»Seltsam, dass niemand hier in der Klinik sich erinnert, in welches Zimmer man Mrs. Clandon gelegt hat. Finden Sie nicht auch, dass das seltsam ist, Schwester?«

Er hatte den Türgriff schon in der Hand und sah Cynthia Barrington sekundenlang forschend an. Sie war wie erstarrt. Inspektor Spratt ging.

»Das ist alles sehr seltsam«, murmelte Schwester Barrington eine Weile später. »Ich verstehe es nicht. Ob ich mit Dr. Morton darüber spreche?«

Eine halbe Stunde danach erwischte sie sich bei der Überlegung, ob Chefinspektor Spratt in der nächsten Zeit womöglich einem Unfall zum Opfer fallen werde.

*

William Grimsby parkte den alten Austin am Belgrave Square. Durch die Upper Belgrave Street ging er bis Eaton Place.

Wer ihn sah, musste ihn für einen abendlichen Spaziergänger halten. Grimsby trug einen hellen, ziemlich schäbigen Regenmantel und hatte eine Mütze mit kleinem Schirm ins Gesicht gezogen. Die Hände steckten in den Manteltaschen. Leuten wie ihm begegnete man zu Tausenden in Londons Straßen. Er war die personifizierte Unauffälligkeit.

Langsam schlenderte Grimsby auf der gegenüberliegenden Seite an Mr. Stones Haus vorbei. Einmal blieb er stehen, um seine Pfeife zu stopfen. Im Schutz des Mützenschirms beobachtete er dabei das Haus auf der anderen Straßenseite.

Nichts Auffälliges, dachte er. *Außerdem ist es unwahrscheinlich, dass Scotland Yard Stones Haus überwacht. Da hätte man viel zu tun! Wie ich die Burschen vom Yard kenne, verschwenden sie nicht mal besonders viel Zeit damit, ihn zu suchen.*

Doch Grimsby war ein vorsichtiger Mann.

Er ging Eaton Place hinunter bis zur Lyall Street, bog dort links ab, wandte sich noch einmal nach links und befand sich jetzt in Eaton Mews North.

»Wie ich mir's gedacht habe«, murmelte er lautlos. »Stones Haus hat einen Hintereingang.«

Er blieb an der nächsten Ecke stehen. Weiterzugehen wäre riskant gewesen, denn Eaton Mews North endete als Sackgasse. Grimsby hätte irgendeinem Menschen auffallen können, da man hier kaum Fremde sah.

Er schlenderte zurück. Weil er noch viel Zeit hatte, betrat er ein Pub in der Lyall Street und genehmigte sich ein Guinness.

»Schönes Wetter, Sir«, sagte das Männchen, das neben ihm an der Theke stand.

Grimsby nickte.

»Ne ganze Menge Sonnenschein für 'ne Stadt wie London, hab ich recht?« Der Kleine kicherte. »So was ham wir lange nich gehabt.«

»Stimmt«, sagte Grimsby.

Er überlegte, ob die Begegnung mit dieser Ratte zufällig war – oder ob sich's um einen Polizeispitzel handelte.

Ich bin unaufmerksam gewesen, dachte er. *Ich kann nicht sagen, ob er vor mir hereingekommen ist.*

Das Männchen trank aus und zahlte. Hatte drei Gläser gehabt.

Grimsby atmete beruhigt auf.

Als es dunkel war, näherte er sich Mr. Stones Haus von der Rückseite. Zuvor hatte er noch einmal die Frontseite an Eaton Place inspiziert. Dort war alles dunkel gewesen.

Von hier hinten, von Eaton Mews North aus, erkannte er allerdings, dass in einigen Zimmern des obersten Stockwerks Licht brannte. Also war jemand im Haus. Es musste sich um Mr. Stones Personal handeln.

Grimsby störte sich nicht weiter daran. Er war gewohnt, Aufträge wie diesen nahezu lautlos und mit großer Vorsicht zu erledigen.

Aus einem flachen Etui zog er verschiedene Werkzeuge, mit deren Hilfe es ihm bald gelang, die Tür an der Rückseite des Anbaus zu öffnen.

Er stand in einer Garage, die mehrere Wagen beherbergte.

Die nächste Tür war nicht verschlossen. Über einen kleinen Hof gelangte Grimsby zum Haupthaus. Auch hier: offene Türen.

Wie kann man nur so leichtsinnig sein, dachte er grinsend. *Ich muss mich doch sehr wundern.*

Von Mr. Stone wusste er, wo er den Tresor zu suchen hatte. Er brauchte seine Taschenlampe nur einmal kurz aufblitzen zu lassen, um sich zu orientieren. Da rechts, das musste das Arbeitszimmer sein. Hinter dem Schreibtisch hing, laut Stones Auskunft, ein Corinth. Und hinter diesem Bild war der Tresor.

Grimsby fand alles so, wie Stone es beschrieben hatte. Er schob den Corinth zur Seite und stellte die Kombination ein. Schon bevor er am Griff zog, wusste er, dass Stone Dr. Morton die richtigen Buchstaben und Ziffern genannt hatte.

Exakt in dem Augenblick, in dem er an der Tresortür zog, flammten die Lichter im Raum auf. Es geschah in solcher Übereinstimmung, dass Grimsby sich für einen Augenblick einbildete, Tresortür und Licht seien irgendwie miteinander gekoppelt.

Für einen Augenblick, wie gesagt.

Schon im nächsten belehrte ihn eine sanfte Stimme darüber, dass das nicht der Fall war.

»Nehmen Sie die Hände hoch und bleiben Sie ganz still stehen. Vorsicht, Mister, ich fackle nicht lange. Wenn Sie Dummheiten machen, krümmt sich mein Zeigefinger. Sie verstehen doch?«

Witzbold, dachte Grimsby. Er war eiskalt. Wusste genau, wie er reagieren musste. Dadurch, dass der andere so viel redete, hatte er sich bereits eine empfindliche Blöße gegeben.

»Sie können sich umdrehen, Mister. Aber ganz, ganz langsam, wenn ich bitten darf. Sie wissen ja, mein nervöser Zeigefinger.«

Grimsby drehte sich mit erhobenen Händen um. Etwa vier Meter entfernt von ihm, jenseits von Mr. Stones Schreibtisch, stand ein hochaufgeschossener, schlanker Mann von etwa 40 Jahren. Er hielt eine großkalibrige Waffe auf Grimsby gerichtet. Ein Grinsen bleckte seine Zähne.

»Da hab ich wohl Pech gehabt«, sagte Grimsby bedauernd und grinste ebenfalls. »Alarmanlage, he?«

»Irrtum, Freundchen. Nur meine guten Ohren.«

»Kann man nichts machen«, sagte Grimsby. »Also los, rufen Sie schon die Polizei an.«

»Das werde ich jetzt tun«, sagte der andere und näherte sich dem Schreibtisch. »Wie hast du's fertiggebracht, das Ding da so schnell zu knacken?«

Grimsby grinste, ließ langsam die Hände sinken, zuckte die Schultern: »Zufall. Ich hab's versucht – und die richtige Kombination gefunden. Aber dann war's aus mit meiner Glückssträhne.«

»So ist es«, sagte der Lange zufrieden. »Und jetzt nimm die Hände wieder hoch!«

Er beugte sich vor, um den Telefonhörer abzunehmen. Eine Zehntelsekunde Unaufmerksamkeit genügte Grimsby. Er sprang nach vorn, lag waagrecht, in der Luft und knallte dann mit dem langen, schlanken Mann zusammen. Seine Handkante traf den Unterarm des anderen. Mit einem Aufschrei ließ er die Waffe fallen, die erst auf die Schreibtischplatte polterte und dann auf den teppichbedeckten Fußboden fiel.

Die Wucht des Sprungs riss beide zu Boden, Grimsby und den anderen.

Bis dahin war alles nach Grimsbys Wunsch gegangen. Aber als er jetzt versuchte, an das lange, schmale und überaus scharfe Messer zu kommen, packte sein Gegner ihn am Handgelenk und bewies erstaunliche Kräfte.

Grimsby fühlte, wie sein Arm auf den Rücken gerissen wurde. Er biss die Zähne zusammen, um einen Schrei zu unterdrücken. Instinktiv holte er mit dem linken Fuß soweit aus, wie das in seiner Lage möglich war. Er trat zu.

Der andere röchelte. Aber er ließ Grimsbys Handgelenk nicht los.

Grimsby trat ein zweites und ein drittes Mal zu. Er kam frei und warf sich herum. Doch im gleichen Bruchteil einer Sekunde brachte sein Gegner sich durch einen Sprung zur Seite vorläufig in Sicherheit.

Vorläufig – das bedeutete: für zwei oder drei Sekunden.

Innerhalb dieser Frist sahen die beiden Männer sich lauernd an. Der Blick seines Gegners schweifte für einen winzigen Moment ab. Grimsby merkte, dass seine Muskeln sich spannten. Als der andere sich abstieß, sprang Grimsby in die gleiche Richtung.

Er hatte richtig kombiniert. Da lag die Waffe. Und die war das Ziel des anderen gewesen.

Sie griffen im gleichen Moment danach. Grimsbys Gegner bekam sie zu fassen, allerdings am Lauf, und benutzte sie deshalb, um zuzuschlagen.

Zwei Zentimeter weiter links, schoss es durch Grimsbys Kopf, *und ich wäre jetzt hin.*

Er sah wie durch einen roten Nebel.

Aber auch wenn sein Gehirn teilweise paralysiert war, arbeitete sein Körper mit der gewohnten Präzision. Alles schien gleichzeitig zu geschehen. Grimsby griff nach dem Handgelenk seines Feindes, griff mit beiden Händen danach und rollte sich gleichzeitig ab. Der lange, schlanke Mann segelte über ihn weg und knallte gegen die Schreibtischkante.

Er hatte die Waffe jetzt richtig in der Hand, aber es gelang ihm nicht mehr, abzudrücken. Grimsbys Fuß traf ihn wie der Huf eines Pferdes. Er traf ihn genau an der Schläfe.

Das war das Aus.

Grimsby nahm sich keine Zeit zu irgendwelchen Untersuchungen. Wenn ein Mann auf diese Art und so schnell wegschlaffte, gab es dafür nur eine Erklärung: Er war tot.

Zehn Minuten später saß Grimsby in seinem unauffälligen Austin A 60 und war auf dem Weg zu Dr. Mortons Haus am Grosvenor Square.

Der Schlüssel zu dem Schweizer Banksafe und der Ausweis lagen in seiner Tasche.

*

»Wann werden Sie mich freilassen, Dr. Morton?«, fragte Stone flehend.

Morton reagierte nicht. Er machte sich eher Notizen, war so vertieft in seine wissenschaftlichen Überlegungen, dass er Stones Frage überhaupt nicht gehört hatte.

Mrs. Clandon, Stone und er saßen in einem der Untersuchungsräume im Souterrain der Privatklinik in Brighton.

Mrs. Clandon und Stone waren nackt.

Dr. Morton hatte den Rhythmus der Experimente geändert. Während Mrs. Clandons Haut fast wieder ihre natürliche Farbe zeigte – wenn man davon absah, dass der Aufenthalt hier unten ihr einiges von der natürlichen Bräune genommen hatte –, war Stones Haut von tiefem Blau. Hell schimmerten die beiden kleinen Pflaster, die die Einstichstellen an Oberschenkel und Hals bedeckten.

»Bitte, Dr. Morton, geben Sie mir doch Antwort!«

»Was haben Sie denn gefragt, Stone?«

»Wann Sie mich freilassen.«

»Wann ich Sie freilasse?« Er fixierte den anderen. »Haben Sie denn wirklich geglaubt, dass ich das tue?«

Mrs. Clandon beobachtete die Szene gespannt und verständnislos.

Freilassen! Das war ein Zauberwort. Freiheit. Auch sie dachte an nichts anderes. Aber der Gedanke trieb sie nur zu immer größerer Verzweiflung.

Sie sah keine Möglichkeit, ihre Freiheit zu gewinnen. Absolut keine.

Aber Mr. Stone, wie es schien. Denn warum hätte er Dr. Morton sonst nach Freilassung gefragt.

Morton schrieb. Er schien die Anwesenheit der beiden vergessen zu haben. Dann sagte er plötzlich im Plauderton:

»Übrigens ist Grimsby gestern Abend nach Zürich geflogen. Er hat sich den Schlüssel und den Ausweis für Ihren Banksafe aus dem Haus am Eaton Place geholt.«

»Gestern!«, sagte Stone atemlos. »Dann wird er bald zurück sein, nicht wahr, Doktor?«

»Das hoffe ich sehr.«

»Wann rechnen Sie mit ihm?«

»Im Lauf des Tages.«

Stone atmete tief durch.

»Und dann, Dr. Morton? Werden Sie dann Ihren Teil des Abkommens erfüllen?«

»Abkommen?«, fragte Morton. »Ich habe kein Abkommen mit Ihnen, Stone. Offenbar haben Sie mich eben nicht verstanden: Sie sollten sich die Hoffnung endgültig aus dem Kopf schlagen, dass ich Sie jemals freilasse. Wenn Sie hier herauskommen …« Er sah den anderen an und machte eine Pause. »Dann sind Sie tot, Stone.«

Mr. Stone wurde es schwarz vor den Augen. Er fiel in eine Schlucht ohne Boden. Er fiel unaufhaltsam und ohne Ende. In seinen Ohren brauste es. Sein Herz klopfte wie wild. Er hatte die Hände so fest zu Fäusten geballt, dass die Nägel sich ins Fleisch bohrten.

»Vorsicht, Stone!«, sagte Dr. Morton. »Sie vergessen doch nicht, was passiert, wenn Sie sich verletzen?«

Stone hörte Mortons Stimme. Er wusste auch, dass Morton mit ihm sprach. Aber was Dr. Morton sagte, nahm sein Gehirn nicht auf.

»Werden Sie mich auch töten, Dr. Morton?«, fragte Mrs. Clandon.

»Es geht Ihnen doch gut, meine Liebe. Geht es Ihnen nicht gut? Ich muss sagen, Sie sehen glänzend aus.«

»Sie machen sich über mich lustig«, murmelte Mrs. Clandon.

»Ganz und gar nicht. Ich staune selbst darüber, in welch guter Verfassung Sie nach all den Versuchen sind, die ich mit Ihnen angestellt habe.«

»Aber wie geht es weiter?«, fragte sie und starrte ihn an.

Sie war aufgestanden und stand unmittelbar vor ihm.

Dr. Mortons Blick glitt über ihren flachen Bauch, über ihre vollen, festen Brüste.

»Sie sind eine sehr reizvolle Frau, Mrs. Clandon«, sagte er nachdenklich. »Und Sie sind noch jung. Ich kann mir vorstellen, dass Ihnen etwas ganz besonders fehlt, hier unten.«

»Die Freiheit«, murmelte Mrs. Clandon. »Was mir fehlt, ist die Freiheit.«

»Ich dachte an etwas anderes. An einen Mann.«

Sie fixierten sich. Mrs. Clandon überlegte, wie er das wohl meinte. Wollte er mit ihr schlafen?

Ich werde alles tun, dachte sie. *Er kann mit mir machen, was er will. Wenn ich nur eine kleine Hoffnung habe, jemals lebend hier herauszukommen.*

»Ich werde mit Grimsby sprechen«, hörte sie Dr. Morton sagen. »Vielleicht kann er Ihnen helfen.«

»Nein!«, schrie Mrs. Clandon. »Ich bitte Sie, Doktor! Nicht das! Nicht Mr. Grimsby! Machen Sie mit mir, was Sie wollen, aber bewahren Sie mich vor Grimsby! Sie haben es versprochen! Sie haben gesagt, er darf mir kein Haar krümmen!«

Morton lächelte.

»Liebe Mrs. Clandon, regen Sie sich doch nicht auf. Es war nur ein Vorschlag. Ich dachte, Sie brauchten es.«

Sein Blick kehrte über ihre Brüste zu ihrem Schoß zurück. Unwillkürlich legte Mrs. Clandon eine Hand auf das kleine behaarte Dreieck. Dr. Mortons Blick ging durch die Hand hindurch. Sie spürte ihn in ihrem Innersten. Schüttelte sich. Merkte, wie ihre Muskeln sich zusammenkrampften. Es war unglaublich. Es war ungeheuerlich. Jetzt, hier, in dieser Situation voller Verzweiflung und Hoffnungslosigkeit, machte Dr. Mortons Blick, dass sie sich nach ihm sehnte, dass sie sich den innersten Kontakt zu diesem Mann wünschte.

»Ich bin verrückt«, murmelte sie. »Ich bin wahnsinnig. Aber das ist kein Wunder nach all dem.«

Inzwischen war Stone wieder zu sich gekommen. Er hockte in seinem Sessel und starrte Morton hasserfüllt an.

Ich muss hier raus, dachte er. Immer wieder: *Ich muss hier raus. Ich muss jetzt hier raus. Grimsby ist nicht da. Nur Morton. Das ist meine Chance. Wenn's mir gelingt, ihn zu überwältigen, bin ich frei.*

Sein Herz flatterte. Er war sehr nervös. Die Innenflächen seiner Hände wurden schweißig. Stone wischte sie an den Oberschenkeln ab.

Als er sein Gewicht verlagerte, als er die Füße fester gegen den Boden presste, verkrampften sich seine Beinmuskeln.

Ruhig!, mahnte er sich selbst. *Ich muss ganz ruhig sein. Ich darf keine unüberlegte Bewegung machen. Vermutlich habe ich nur diese eine Chance. Wenn ich jetzt hier nicht herauskomme – dann nie.*

Er hörte zwar, dass Dr. Morton sich mir Mrs. Clandon unterhielt, aber er nahm ihre Worte nicht auf.

»Was ist los, Stone?«, fragte Dr. Morton scharf.

»Ich dachte nur … Ich wollte …«, stotterte Stone.

»Was?«

»Ein bisschen hin und her gehen. Meine Beine sind eingeschlafen.«

»Ach, tatsächlich?« Dr. Mortons Interesse war geweckt. Eingeschlafene Beine waren ein Symptom. Nicht uninteressant im Zusammenhang mit seinen Experimenten.

Er ging zu Stone hinüber.

»Lassen Sie mich mal sehen. Nein, nein, schon gut so, bleiben Sie stehen!«

Er beugte sich hinab, um die Reflexe der Oberschenkelmuskeln zu kontrollieren. Stone hielt den Atem an und hob beide Hände über den Kopf. Er verschränkte die Finger ineinander.

Dr. Morton spürte, was geschehen würde. Instinktiv versuchte er, sich noch zur Seite zu werfen. Aber es war zu spät. Stones Schlag traf ihn im Genick und ließ ihn zusammensinken.

Jetzt ging's nicht mehr darum, sich zur Seite zu werfen, sondern wieder auf die Füße zu kommen. Stone schlug ein zweites Mal zu. Diesmal traf er Dr. Morton schräg hinter dem linken Ohr.

Der erste Schlag hatte gut gesessen. Der zweite hatte die Wirkung des ersten noch verstärkt. Stone merkte das, und Dr. Morton wusste, dass seine Situation alles andere als günstig war.

Er warf sich nach vorn, um Stones Magengrube mit dem Kopf zu treffen. Aber Stone schien das zu ahnen und wich aus. Dr. Morton knallte mit dem Kopf gegen die Tür. Er fiel zu Boden und war sekundenlang ohne Bewusstsein.

Er schüttelte sich und kam wieder hoch. Stone stürzte sich erneut auf ihn. Aber anstatt Dr. Morton mit einem weiteren gezielten Schlag für die Zeit auf die Bretter zu legen, beging Stone den Fehler, sich auf eine Art Ringkampf einzulassen.

Dr. Morton nutzte seine Chance. Obwohl halb bewusstlos, umklammerte er den anderen und gab ihm keine Gelegenheit mehr, den Kampf rasch zu beenden.

Mrs. Clandon, die in den ersten Sekunden wie gelähmt zugeschaut hatte, kam plötzlich zu sich. Ohne zu überlegen, ging sie um den Schreibtisch herum, zog die Schublade heraus.

Sie wusste nicht, was sie hier zu finden hoffte, aber als sie die Waffe sah, nahm sie sie.

Mrs. Clandon, hatte noch nie einen Revolver in der Hand gehabt. Sie hatte keine Ahnung, wie man damit umging. So richtete sie den Lauf einfach auf die beiden Kämpfenden und hörte sich recht entschieden und laut sagen:

»Schluss! Hören Sie auf, sich zu wehren, Dr. Morton, oder ich schieße!«

Stone begriff sehr schnell, was diese neue Wendung bedeutete. Er stieß sich von Dr. Morton ab und brachte etwa anderthalb Yards Zwischenraum zwischen sich und ihn.

»Geben Sie her!«, schrie er Mrs. Clandon an. »Los doch! Geben Sie mir die Waffe!«

Bevor Dr. Morton auf die Beine kam, hielt Stone den Revolver in der Hand. Er hatte ihn entsichert und grinste Dr. Morton triumphierend an.

»Damit haben Sie nicht gerechnet, was, Doktor? Jetzt ist es aus mit Ihnen!«

Dr. Morton schüttelte sich noch einmal. Er stand jetzt wieder auf seinen Beinen und fuhr sich mit der linken Hand durchs Haar.

Mrs. Clandon sah ungläubig, dass er lächelte. Ganz ruhig, als befinde er sich überhaupt nicht in Gefahr und habe sich mit ihr und Mr. Stone zu einem Plauderstündchen getroffen.

»Scheint so«, sagte er. »Scheint wirklich so.«

»Wir wollen hier raus«, sagte Stone. »Keine Mätzchen, Morton, sonst knall ich Sie über den Haufen!«

»Natürlich, Sie wollen raus«, sagte Morton. »Das habe ich mir gedacht. Aber das ist nicht so einfach.«

»Sie lassen uns raus, oder ich erschieße Sie!«, drohte Stone. »Augenblicklich!«

»Ich sagte ja schon, es ist nicht so einfach.«

»Weshalb?«, bellte der andere.

»Weil die Tür, die Sie von der Freiheit trennt, kein normales Schloss hat. Kein Schloss, das mit einem Schlüssel zu öffnen wäre, Stone.«

»Sondern?«

»Zahlenschloss. Man muss die Kombination kennen.«

»Dann sagen Sie sie mir.«

»Ich denke nicht daran«, erklärte Morton leise und freundlich.

»Ich werde Sie erschießen!«

»Na und? Was haben Sie davon? Wenn Sie mich erschießen, kommen Sie nie hier heraus.«

»Das wollen wir sehen«, sagte Stone aufgeregt. »Sie sind jetzt in meiner Gewalt. Irgendwie schaffe ich's.«

Dr. Morton zuckte die Achseln.

»Ich fürchte, Sie sind zu optimistisch, Mr. Stone.«

Stone änderte seine Taktik.

»Hören Sie zu, Doktor, lassen Sie uns in Ruhe miteinander reden. Sie müssen doch zugeben, dass ich im Augenblick die stärkere Position habe. Und die besseren Argumente.« Er wog die Waffe in seiner Hand. »Vielleicht stimmt es wirklich, dass ich alleine nicht hier herauskomme, dass ich Ihre Hilfe dazu brauche. Aber ebenso wahr ist, dass Sie ein toter Mann sind, wenn es mir nicht gelingt, hinauszukommen.«

»So kann man das sehen«, sagte Dr. Morton nachdenklich.

»Nur so und nicht anders!«

»Sie vergessen Grimsby.«

»Der ist in Zürich.«

»Der ist inzwischen schon auf dem Rückweg. Und er wird bald hier sein,«

»Ich erschieße Sie beide!«, sagte Stone.

»Wenn Sie dazu kommen.«

Mrs. Clandon hatte sich zitternd in eine Ecke des Raums zurückgezogen. Dort lehnte sie an der Wand. Sie sah zu dem jeweils Sprechenden hin. Ihr Mund stand offen. In ihrem Inneren kämpften Hoffnung und Angst miteinander.

»Sie werden nicht dazu kommen«, sagte Morton ruhig und überzeugt.

»Aber Sie – Sie sterben mit mir!«, sagte Stone hasserfüllt. »Das garantiere ich Ihnen!«

Morton zuckte die Achseln.

»Im Augenblick kann ich Sie nicht daran hindern. Aber wenn Sie mich erschießen, töten Sie gleichzeitig Ihre einzige Chance, nach draußen zu kommen.«

Stone dachte nach.

»Öffnen Sie die Tür!«, bellte er. »Ganz langsam! Gehen Sie hinaus! Ich bleibe hinter Ihnen!«

Mrs. Clandon folgte Dr. Morton und dem nackten blauen Mann, der dicht hinter ihm ging und ihm den Revolver zwischen die Schulterblätter drückte.

»Los, los!«

Dr. Morton stolperte, als Stone ihn anstieß.

»Wohin, Stone?«

»Geradeaus. Zur Treppe.«

»Und dann?«

»Gehen Sie!«, herrschte er Morton an.

Sie gelangten an die Treppe und stiegen hinauf. Dr. Morton voran, Stone dicht hinter ihm und zuletzt Mrs. Clandon.

»Diese Tür führt ins Freie«, sagte Mrs. Clandon. »Man gelangt in einen Hof und von dort auf die Straße.«

»Aufmachen!«, befahl Stone.

Dr. Morton drehte sich langsam um und lächelte ihn an.

»Wenn ich das tue, werden Sie mich vermutlich erschießen.«

»Wenn Sie's nicht tun, erschieße ich Sie ganz bestimmt«, zischte Stone. »Also los!«

Er und Mrs. Clandon starrten auf die kleine metallglänzende Platte neben der Tür. Sie zeigte zehn Tasten, die von Null bis Neun nummeriert waren.

»Wenn Sie nicht sofort öffnen, schieße ich! Und dann durchlöchere ich die Tür!«

»Das wird Ihnen kaum gelingen. Solider Stahl«, sagte Dr. Morton und klopfte zum Beweis mit den Knöcheln dagegen. »Aber Sie können sich beruhigen. Ich werde öffnen.«

Er begann, die Tasten zu drücken.

»Es ist eine siebenstellige Kombination«, erklärte er liebenswürdig.

Stone knurrte ungeduldig.

»Hände hoch! Und keine Bewegung!«, ertönte eine Stimme hinter ihm.

Stone handelte ohne Überlegung. Er fuhr herum, die Waffe in der Hand. Da war niemand! Er war auf einen Trick hereingefallen. Die Stimme musste aus einem versteckten Lautsprecher gekommen sein.

Stone erkannte das im Bruchteil einer Sekunde.

Aber trotzdem zu langsam.

Dr. Morton schlug ihm die Waffe aus der Hand und gab ihm einen Tritt. Stone stürzte die Treppe hinab. Er versuchte, sich am Geländer festzuhalten, aber das war vergeblich. Er stürzte bis zum Fuß der Treppe und blieb dort liegen.

Morton hob den Revolver auf und sagte ruhig und freundlich zu Mrs. Clandon: »Nach Ihnen, meine Liebe.«

Mit zitternden Beinen, die ihr jeden Moment den Dienst zu versagen drohten, stieg die nackte Frau die Stufen hinab.

Unten versuchte Stone mühsam, auf die Beine zu kommen. Dr. Morton griff ihm unter den linken Arm und half.

»Ich – ich blute!«, sagte Stone atemlos.

Tatsächlich zog sich eine dünne blaue Spur über sein Gesicht. Der blaue Saft tropfte auf seine Brust.

»Sie bluten«, bestätigte Dr. Morton. »Und es ist Kunstblut, was Sie verlieren, Stone. Wissen Sie, was das bedeutet?«

Stone starrte ihn aus aufgerissenen Augen an.

»Sie Sie haben gesagt, dem Kunstblut fehlt …«

»Ein Gerinnungsmittel, richtig.«

»Dann muss ich verbluten!«

»Sie werden leerlaufen wie ein angestochener Schlauch, Stone. Zumal das nicht Ihre einzige Verletzung ist. Sehen Sie die Schramme an Ihrer Hüfte? Und da, am Knie und am linken Fuß haben Sie sich ebenfalls verletzt.«

Es stimmte. Mrs. Clandon begann hysterisch zu schreien, als sie sah, dass der blaue Saft überall aus Stones Wunden quoll und über seinen nackten blauen Körper lief.

Mit einigen Schlägen ins Gesicht brachte Morton sie wieder zur Vernunft.

»Tun Sie was. Doktor!«, flehte Stone. »Helfen Sie mir doch!«

»Wie denn?«

»Sie können etwas tun, ich weiß es! Eine Transfusion! Verbinden Sie mich! Geben Sie mir mein Blut wieder!«

Dr. Morton lächelte ihn freundlich an.

»Warum sollte ich das tun, Stone?«

»Weil ich sonst verrecke!«, keuchte der andere.

»Ja, das werden Sie. Es wird eine ganze Weile dauern, aber es ist unabwendbar.«

»Helfen Sie mir«, wimmerte er. Speichel lief ihm aus den Mundwinkeln. Er bibberte am ganzen Körper und bot ein erbärmliches Bild.

»Sie haben noch eine ganze Menge Zeit, bis Sie tot sind«, sagte Dr. Morton gleichmütig. »Ich schlage vor, Sie denken an Ihre Opfer. Vielleicht fällt es Ihnen dann leichter, Abschied zu nehmen.«

»Helfen Sie mir …«

Mrs. Clandon brach zusammen. Ihre Nerven hielten nicht durch. Stone nahm es am Rande wahr und wünschte sich selbst eine wohltätige Ohnmacht.

Aber er blieb bei Bewusstsein.

»Ich sagte ja schon, es geht sehr langsam«, wiederholte Morton. »Sie werden schwächer und schwächer, je mehr Sie von dieser kostbaren Flüssigkeit verlieren. Täuschen Sie sich nicht! Die Pfütze, die sich schon gebildet hat, macht einen dreiviertel Liter aus. Und es sind rund sechs Liter, die Sie im Körper haben.«

»Was nutzt es Ihnen, wenn ich sterbe?«, keuchte Stone. »Lebend bin ich Ihnen doch viel nützlicher, Dr. Morton! Denken Sie an Ihre Experimente! Sie brauchen doch Versuchspersonen! Wenn Sie mich am Leben halten, können Sie noch lange mit mir experimentieren!«

Lächelnd antwortete Dr. Morton: »Es ist rührend, wie Sie sich um meine Arbeit sorgen, Stone. Aber völlig überflüssig. Ich brauche Sie nicht mehr. Ich will Sie nicht mehr sehen. Sie ekeln mich an. Der einzige Gefallen, den Sie mir noch tun können, ist, hier vor meinen Augen zu sterben. Wenn Sie's schon nicht tun, ich denke an Ihre Verbrechen und an Ihre Opfer und genieße Ihre Leiden. Jede Sekunde ist mir ein Vergnügen.«

Vor ohnmächtiger Wut sah Stone wie durch einen Schleier. Er hörte das Geräusch, das von oben kam, ebenso wie Dr. Morton.

Noch einmal keimte Hoffnung in seinem Inneren auf. Zum letzten Mal.

Denn es war Grimsby, der herunterkam. Grimsby schleppte einen schweren Koffer und schien sehr guter Laune.

»Alles glattgegangen, Sir«, berichtete er.

»Freut mich, dass Sie Erfolg hatten, Grimsby.«

»Hat's Schwierigkeiten gegeben, Sir?«

»Durch meine Unachtsamkeit.«

Grimsby grinste breit und erlaubte sich eine Vertraulichkeit, obwohl er nicht mit Dr. Morton allein war.

»Dann steht's wohl eins zu eins, Sir?«

Morton gab das Grinsen zurück: »Richtig, Grimsby.«

»Was wird mit dem da?«

»Er stirbt. Seine Zeit ist gekommen.«

Grimsby ging langsam um Stone herum, der jetzt schon mindestens die Hälfte seines Kunstblutes verloren hatte. Allmählich wurde er schwächer. Gleich würden ihm die Knie einknicken. Er wollte sich nicht fallenlassen, aber er spürte, dass er das nicht mehr lange verhindern konnte.

Dann war's soweit. Er fiel langsam, wie in Zeitlupe. Fiel nach vorne. Lag der Länge nach in seinem blauen Blut.

»Sollten wir ihm nicht eine letzte Freude machen, Sir?«, fragte Grimsby.

Sein Blick deutete auf den Koffer.

»Ein hübscher Einfall«, murmelte Morton.

Grimsby nahm den Koffer auf, öffnete ihn und schüttete seinen Inhalt etwa zwei Meter vor Stone auf den gefliesten Boden. Goldbarren schlugen auf die Steine. Große Pfundnoten, zu Hundert gebündelt, fielen darauf. Ein Beutel mit geschliffenen Diamanten öffnete sich und ergoss seinen kostbaren Inhalt bis dicht vor Stones Hände.

Stones Augen öffneten sich weit. Er nahm seine letzten Kräfte zusammen und versuchte, zu seinen Schätzen zu robben. Seine Finger erreichten die ersten Steine und versuchten sie zu fassen.

Dann brach er zusammen. Aber er blieb bei Bewusstsein, bis nur noch wenige Tropfen von Dr. Glenn Mortons blauem Kunstblut in seinen Adern waren.

Als Mrs. Clandon zu sich kam und sich aufrichtete, fiel ihr Blick auf einen Samuel Stone, der von Kopf bis Fuß fahlweiß war.

Wie ein Gespenst.

Ihr langgezogener Entsetzensschrei hallte von den gekachelten Wänden wider. Aber außer Dr. Morton und Mr. Grimsby hörte sie niemand.

ENDE

Beachten Sie unsere Leseprobe auf der folgenden Seite!

… und hier eine Leseprobe aus dem nächsten Band:

DR. MORTON 2 »DAS IST IHR SARG, SIR!«

»Sie sind in einer Art Gaskammer, Gregory. Ich empfehle Ihnen, sich auf den Boden zu setzen, die Beine anzuziehen und die Knie mit den Händen zu umfassen. Sie werden Ihre ganze Kraft brauchen für das, was jetzt kommt.«

Gregory stand in der Mitte der Zelle und starrte auf die Glasscheibe. Eigentlich hätte er auf der anderen Seite Morton und Grimsby erkennen müssen, aber er sah nur verwischte Schatten. Die Scheibe musste irgendwie behandelt sein, so dass man nur von einer Seite richtig hindurchsehen konnte.

»Haben Sie mich nicht verstanden, Gregory?«, fragte Dr. Morton ruhig. »Selbstverständlich können Sie es halten, wie Sie es wollen. Meinetwegen bleiben Sie so stehen. Aber dann wird es noch unangenehmer.«

Gregory blieb stehen. Eine Trotzreaktion, nahezu unbewusst.

»Wie Sie wünschen«, sagte Morton kühl.

Philipp Gregory hörte das Zischen. Es war sehr leise und klang vielleicht gerade deshalb so gefährlich. Er hob den Kopf, weil das Zischen von oben kam, von der mit Lochplatten verkleideten Decke her. Zu sehen war im Augenblick nichts. Und jetzt verstummte das Zischen auch schon wieder.

Eine Panne?

Sekundenlang erfüllte ihn wilde Hoffnung. Doch dann spürte er das Prickeln auf seiner Haut, das rasch stärker wurde. Er begann sich zu kratzen. Das half nicht. Im Gegenteil: Dort, wo er sich kratzte, wurde das Prickeln stärker, wurde zum Stechen. Er hatte einmal eine Nervenentzündung gehabt und erinnerte sich jetzt an die damals ausgestandenen Schmerzen.

Das hier war anders. Das war schlimmer. Im Augenblick waren die Schmerzen noch auszuhalten, doch spürte Philipp Gregory, wie er zunehmend nervöser wurde.

Als die erste große Schmerzwelle seinen Körper durchflutete, schloss er die Augen. Er spürte, wie sein Herz raste und bekam keine Luft.

Die zweite Woge war viel schlimmer als die erste. Alle seine Nervenenden schienen bloßzuliegen. Gregorys Beine versagten ihm den Dienst. Er sank zusammen, versuchte den Kopf zwischen den Armen zu verstecken, in der törichten Hoffnung, so wenigstens das Gesicht vor diesem unmenschlichen Schmerz zu bewahren.

Es half nicht. Nichts half.